엄마도 꿈이
엄마는 아니었어

엄마도 꿈이 엄마는 아니었어

잘나가던 커리어우먼에서 아들 넷 엄마로, 글쓰기 일 년 만에 작가가 되기까지

2020년 2월 14일 초판 1쇄 인쇄
2020년 2월 21일 초판 1쇄 발행

지은이 김아영
편집 mapo_panda, 김보미
마케팅 이승준
디자인 재이영
제작 두성P&L
펴낸곳 왓어북
펴낸이 안유정

등록번호 제2019-000062호
이메일 wataboog@gmail.com
팩스 02-6280-2932
ISBN 979-11-963416-5-7 03810

잘나가던 커리어우먼에서 아들 넷 엄마로,
글쓰기 일 년 만에 작가가 되기까지

엄마도___
___꿈이
엄마는___
아니었어

김아영 지음

왓어북

목차

당신의 이름은 엄마인가요?

"신부님!"

웨딩 플래너로부터 전화를 받은 순간, 어색함이 온몸을 휘감았다. 신부님이라니. 성당에 있어야 할 신부님을 왜 여기서 찾는 것인가. 결혼을 준비하며 한동안 이 신부님이라는 호칭에 적응하는 데 꽤나 애를 먹었다. 그런데 아마도 그때부터였던 것 같다. 내 인생에서 '김아영'이라는 이름 석 자가 사라지기 시작한 것이. 내 호칭은 신부님에서 곧 누구의 와이프가 되었고, 이내 시영 엄마이자 세쌍둥이 엄마로 변해버렸다.

스물일곱에 결혼을 하고 얼마 안 있어 엄마가 되었다. 부산행 기차에서 우연히 만난 한 남자와 사랑에 빠졌고 첫 여행에서 아이를 가졌다. 꿈을 향해 달려가던 사회 초년생이 덜컥 엄마가 된다는 것은 수용하기 힘든 현실이었다. 온몸의 감각은 오로지 아이의 먹고, 자고, 싸는 욕구에 집중해야 했고, 내 몸은 엄마로서의 기능만을 남겨둔 채 사라져갔다.

아이를 겨우 재운 밤, 화장실 거울에 비친 모습을 마주할 때마다 설명하기 힘든 무력감을 느꼈다. 땀에 젖은 끈적끈적한 머리카락, 퀭한 눈빛, 양쪽 겨드랑이가 핑 돌며 가슴에서 주르륵 쏟아지는 모유. 그동안 주체적인 사람으로 살던 나라는 존재가 사라져버린 듯한 느낌이었다.

계속해서 들어오는 '누군가의 엄마'라는 파도 앞에서 내 이름을 지키려 사력을 다했다. 첫애를 낳은 후 복직해 8년간 육아와 일을 병행하며 가까스로 자리를 지켰고, 누구보다 열정적으로 일하며 회사에서 인정받으려 노력했다. 누군가의 엄마였지만, 한 주체로서의 삶을 놓고 싶지 않았다. 그러나 갑자기 세쌍둥이가 찾아왔다. 세쌍둥이를 품은 만삭의 몸으로 진급시험을 볼 정도로 회사에 대한 끈을 놓지 않았지만, 아무도 망할 거라고 생각지 못했던 대기업이 하루아침에 파산해버렸다. 눈을 뜨고 꿈을 꾸는 기분이었다. 청춘을 바친 회사가 사라져버린다는 것은 삶의 일부를 송두리째 잃어버린 기분이었다.

"시영, 시완, 시원, 시호 엄마"

회사라는 거대한 울타리가 무너진 순간, 나의 이름은 아주 희미해졌다. 누구보다 열정적으로 살았던 한 여자는 세상에서 존재감이 없는 사람이 되었다. 하루 종일 내 이름 석 자를 들을 일이 없었다. 내게 오는 전화는 대부분 학교, 학원, 어린이집에서 온 것들이었고, 학부모 모임에 나가도 나는 '누구 엄마'였다. 엄마들끼리는 서로 이름을 묻지 않았다. 나도 그녀를 누구 엄마로 저장했고, 그녀도 나를 누구 엄마로 저장했다.

"김아영 님"

제한된 몇 곳에서만 내 이름으로 불렸다. 허리가 아파서 들르는 병원의 카운터와 보험사 콜센터. 아무리 생각해도 이 두 곳밖에 떠올릴 수 없다. 과연 아이들의 엄마 말고 내 역할이 남아 있을까? 가끔 설명할 수 없는 공허함이 마음 속 이곳저곳을 휩쓸 때면 뜨거운 것이 목구멍에 울컥 차올라 눈물이 되어 흘러내렸다. 깊은 나락으로 추락해버린 느낌. 온전한 나 자신을 잃어버린 것 같았다. 가느다란 빛조차 들어오지 않던 절망 같은 현실에서 자존감이 바닥을 쳤다.

이대로 쓰러져버릴 것 같을 때, 가까스로 삶을 지탱하게 해준 것은 글쓰기였다. 글쓰기는 위태로운 날 발견하게 해주고, 부족한 날 이해하게 해줬으며, 안쓰러운 나를 따뜻하게 감싸줬다. 숨쉬기조차 버거웠던 시간을 글을 쓰며 버텼다. 세상을 향해 다시 한 발을 내디뎠다. 그렇게 나는 글 쓰는 사람이 되었다.

이 책은 엄마가 되었지만 자신의 이름을 놓지 않은 한 여자의 기록이다. 자존감이 바닥을 칠 때 글쓰기를 만나, 흩어지고 사라진 존재의 조각들을 찾아 모으며 진정한 '나'를 발견하고 사랑하게 된 이야기다. 어쩌면 동시대를 살아가는 나 같은 여자들의 평범한 이야기다. 이 책의 마지막 장을 덮을 때, 이 이야기가 누군가에게 희망으로 다가갔으면 한다. 나를 열어두고 탐색하면 또 다른 나를 발견할 기회가 주어지리라는 걸, 내 안에는 무한한 잠재력이 있다는 것을 이 책을 통해 깨닫기를 바란다.

당신이 엄마이기 전에 여전히 '나'로 존재하기를 소망하며.

2020년 초봄, 첫애의 작은 책상에서

김아영

1부

원래 직업이 엄마는 아닙니다

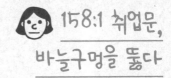

158:1 취업문,
바늘구멍을 뚫다

그야말로 바늘구멍이었다. '문송(문과라서 죄송)'한 문과생에게 철벽같은 취업문을 뚫기란 쉽지 않은 일이었다. 캐나다 어학연수를 다녀와 복학하고 스펙 쌓기에 매진했다. 학점, 토익, 각종 자격증, 인턴십 등 서류전형에 통과하기 위해 최소한 충족해야 하는 기본적인 스펙들이 있었다. 졸업학점 4.01, 토익 930점, 각종 자격증, 두 번의 인턴십 경력까지 차곡차곡 스펙을 만들었다. 70여 군데의 기업에 입사원서를 넣었지만 취업문은 호락호락하지 않았다. 서류전형에 통과한 곳은 겨우 여섯 곳이었다.

"저의 꿈은 세계를 무대로 활동하는 국제 마케팅 전문가가 되는 것입니다. 저는 야생마 같은 열정적인 사람입니다. 앞으로도…"

A공사의 최종면접장에 내 목소리가 쩌렁쩌렁하게 울려 퍼졌다. 흐트러짐 없는 차렷 자세로 앞으로의 각오를 또박또박 이야기했다. 한 달 내내 이날만을 기다렸다. 과연 어떤 질문을 받을까. 면접관들은 어떤 표정일까. 떨지 않고 잘할 수 있을까. 면접을 준비하며 머릿속으로 면접날을 떠올리고 또 떠올렸다. 회사는 열정이 있는 사람을 뽑을 것이라 확신했다. 누구보다 열심히 살아왔고 앞으로도 누구보다 열정적으로 일할 거라 자신했다. 취업문이 코앞에 있었다. 최종면접만 통과하면 될 것이었다.

"아니 그래서 어떻게 하겠다는 건데?"

면접장에 울리던 내 목소리가 한순간에 공기 중으로 사라져 버렸다. 이 회사의 부사장이라는 사람은 내 말을 단칼에 잘라 버렸다. 의도를 알 수 없는 묘한 표정이었다. 실실 쪼개는 것 같기도 하고 듣고 있자니 짜증난다는 것 같기도 했다. 그는 갑자기 호주머니에서 담배를 한 개비 꺼내 물었다. 그러고는 담배에 불을 붙였다. 알싸한 담배냄새가 코끝을 찔러왔다. 정신이 아릿해져왔다. 여긴 어딘가. 그리고 나는 누구인가. 불쾌한 담배 냄새에 찌든 이 공간을 당장이라도 뛰쳐나가고 싶었다. 고요해진 면접장 안의 사람들은 모두 그의 입술 사이에서 타들어가는 담배 소리에 집중했다. 때와 장소 상관없이 아무데서나 꺼낼 수 있는 담배 한 개비는 곧 권력을 상징했다. 누구도 그에게 담배를 끄라고 말하지 못했다.

"불합격입니다."

상반기 전형에서 결국 모든 기업의 최종면접에서 낙방했다. 하지만 포기하지 않았다. 봄에 시작된 취업 준비는 꼬박 한 해가 지나, 매서운 겨울바람이 창문을 비집고 들어올 때까지 계속되었다. 과연 나의 가치를 알아주는 회사가 있을까. 취업에 당당히 성공한 친구들을 바라보면 하루하루가 어둡고 초라했다. 그러나 취준생이란 어제의 절망마저 접어 넣고 내일을 위해 움직여야 하는 존재였다. 이른 아침부터 하루도 빠짐없이 취업 스터디를 했다. 모의면접 스터디, 회사 조사 스터디, 시사 스터디, 영어회화 스터디를 마친 뒤 컴퓨터실 모니터에 앉아 거대한 물살에 휩쓸리듯 이곳저곳에 취업 원서를 제출했다.

캄캄한 어둠이 내려앉은 대학가 골목을 헛헛해진 마음으로 걸었다. 시계를 올려다보니 일곱 시, 집으로 가기에는 이른 시간이다. 이 시간에 집으로 갔다가는 아빠와 마주칠 것이다. '도대체 언제 취업이 되냐'는 아빠의 잔소리가 아직도 귓가를 왕왕 맴돌았다. 결국 집에 들어가지 못하고 허름한 술집으로 들어가 5천 원짜리 콩나물 해장국에 소주를 마셨다. 불안하고 막막했던 청춘의 끝자락이었다.

"엄마! 드디어 합격이야!"

최종합격을 확인했던 날, 눈이 펑펑 쏟아졌던 그날, 하반기 전형의 끄트머리에서 가까스로 158대 1의 경쟁률을 뚫고 엄마 품에 안겨 한참을 울었다. 믿어지지 않았다. 이름만 대면 알 만한 대기업이다. 게다가 전 세계에 지점이 있는 글로벌한 해운 회사였다. 이곳에 한평생 뼈를 묻으리라 다짐했다.

'내 인생은 탄탄대로야! 내 인생은 성공이야! 다 됐어!'

머릿속으로 장밋빛 미래가 펼쳐졌다. 이제 인생이 매끈하게 앞으로 뻗어 있을 것 같았다. 결혼과 일, 두 가지를 완벽하게 해내며 촉망받는 커리어 우먼으로 성장할 내 모습이 선명하게 그려졌다. 행복했다. 마치 온 세상의 중심이 된 것처럼.

신입 첫 발령지로 부산에 위치한 항만 터미널을 선택했다. 대부분의 직원은 서울의 본사에서 근무하기를 원했지만, 나는 타인의 기준에는 별종이라고 느껴질 정도로 의욕적이고 열정적인 사람이었다. 무언가를 시작할 때는 가장 밑바닥에서부터 배우는 것이 정석이라는 고리타분한 생각도 있었다. 젊은 시절 수많은 건설 현장을 누빈 아빠로부터 받은 영향인 것 같다.

하얗게 부서지는 파도 너머 펼쳐진 거대한 항만 터미널의 풍광, 한눈에 담기 힘들 정도로 압도적인 대형 선박과 수십 개의 갠트리 크레인. 도시와는 한참 떨어진 외지에 이런 세계가 있다니. 그곳은 마치 사하라 사막에 강렬하게 나타난 신기루처럼 신비롭고 역동적으로 느껴졌다. 그렇게 새로운 세계에서 생각 지도 못한 것들을 삶 속으로 천천히 받아들였다.

항만 터미널 이름이 새겨진 투박한 검은색 점퍼에 흰색 안 전모를 쓰고 터미널을 누볐다. 쾌쾌한 벙커유 냄새가 비릿하게 올라오는 항만 부둣가를 걸으며 붉게 물든 석양을 바라보는 게 좋았다. 바닷바람이 거칠게 머리를 헤집어 놓아도, 항만 작업 인부들 사이에 섞여 네모난 식판에 산더미 같은 밥을 목구멍으로 밀어 넣어도, 익숙하지 않은 생경한 냄새가 삶에 스며들어도, 두렵지 않았다. 매순간 불안해서, 막막해서, 흔들려서, 외로워서, 두근거려서, 행복했다.

가끔 무엇에도 얽매이지 않았던 그 시절을 꿈꾼다. 낯선 나라의 남루한 골목길을 정신없이 헤매고, 마음이 이끄는 대로 겁 없이 떠나 새로운 세계를 눈 안에 담고 싶다. 햇볕이 강하게 내리쬐는 날, 여유분의 옷이 없어도 개의치 않고 바다에 뛰어들었다 한가롭게 몸을 말리고 싶다. 달빛이 내려앉은 구시가지의 어느 길가에서 음악가의 음률에 몸을 맡기며 누구의 시선도 생각하지 않은 채 오롯이 나의 몸짓에 집중하고 싶다. 엄마가 되었지만, 내 안의 나는 여전히 살아 있다. 잊힐 듯 잊히지 않은 채, 지워진 듯 지워지지 않은 채, 그렇게 내 안에 차오르는 욕구를 마주할 때마다 그때의 내가 한없이 그립다.

"집합. 중요한 이야기가 있으니 회의실로 모이세요."

컴퓨터 창에 팀장의 메시지가 떴다. 무슨 일이지. 팀원들은 미심쩍은 눈빛으로 회의실에 들어섰다.

"지난번에 이야기했죠? 올해 우리 팀에 중요한 프로젝트가 생겼습니다. 바로 직원용 교재를 만드는 것입니다."

회의실 원탁에 둘러앉은 스무 명 남짓의 팀원들의 얼굴이 순식간에 일그러졌다. 팀원들은 테이블에 올려둔 네모난 다이어리를 일제히 노려보았다. 고개를 푹 숙여야 하는 타이밍이다. 팀장의 레이더에 걸리면 일 년 동안 개고생을 하리라는 것을 모두 잘 알고 있었다. 일순 회의실이 조용해졌다. 무언(無言)의 공기만이 그곳을 빽빽하게 채우고 있었다.

"지원하실 분 없습니까? 지원자는 연말 평가에 가산점을 드릴 예정입니다."

회의실은 조용했다. 사실 연말 평가는 평타면 족했다. 좋은 평가를 받는다고 보너스가 나오는 것도 아니고, 후하게 연봉 인상을 해주는 기업도 아니었다. 팀원들은 고개를 숙인 채 팀장과 시선을 맞추지 않기 위해 안간힘을 썼다.

"좋아요. 어쩔 수 없죠. 그럼 제가 사원들을 데리고 교재 작업을 하겠습니다. 혹시 작업을 총괄하실 분은 내일까지 꼭 지원 부탁드립니다."

팀장의 말이 끝난 한참 후에도 회의실은 조용했다. 결국 팀장이 나가고 나서야 이곳저곳에서 안도의 한숨이 새어나왔다. 예상대로 사원급 후배들의 표정은 구겨진 종잇장처럼 심하게 일그러져 있었다.

육아휴직 후, 회사에 복직한 지 반 년이 지난 시점이었다. 갑작스러운 결혼과 임신으로 나는 비정기 발령을 받았다. 보통 나처럼 부산에서 현장 근무를 마친 신입사원은 본사로 발령이 났지만, 만삭의 임신부를 받아줄 본사 팀은 없었다. 결국 본사가 아닌 지점으로 이동했다. 배가 불러 전입한 나를 보는 팀원들의 눈초리는 탐탁지 않았다. 아무렇지 않은 듯, 어떻게든 섞여보려고 만삭의 몸으로 야근을 이어갔다. 결국 예정일을 꽉

채운 시점까지 일했다. 퉁퉁 부은 내 다리를 보고 한 부장은 실실 웃으며 이런 농담을 건넸다.

"나는 일하다가 애 낳으러 갔어."

출산 후 육아휴직 기간이 끝나고 복직하던 날, 아침부터 내 다리를 온몸으로 감싼 채 엄마와 떨어지기를 거부하는 아이와 한바탕 씨름을 해야 했다. 일 년간의 육아휴직 내내 이 날만을 손꼽아 기다렸지만, 이상하게 날짜가 다가올수록 마음이 무거워졌다. 마치 커다란 납덩어리를 두 발에 꽁꽁 묶고 걷는 것처럼 발걸음이 좀처럼 떼어지지 않았다.

일 년 만에 마주한 회사 빌딩을 보자 가슴이 답답해졌다. 이전에 내가 일하던 자리로 돌아오기를 그토록 갈망했건만, 머릿속은 온통 남겨진 아이에 대한 생각뿐이었다. 컴퓨터의 전원을 켜자 머릿속은 업무에 대한 기억과 새롭게 주입된 지식을 재조합하며 부단히 애를 썼지만, 몸은 여전히 남겨진 아이를 기억했다. 사무실에서 한창 집중하며 모니터를 보다가도 눈물이 나기 일쑤였고, 모유 수유를 끊은 지 얼마 되지 않아 젖이 수유패드를 흥건히 적셨다.

그러나 한 달이 지나자 아이에 대한 죄책감은 완벽하게 사라졌다. 오히려 우는 아이를 뒤로 한 채 매일 아침 집을 나서는 순간 하늘을 날아오를 것 같은 가벼움마저 느꼈다. 일은 나무 같은 것이었다. 평생 한 팀에서 근무한 사람은 한 나무에 대해서만 알 수 있지만, 여러 팀에서 근무를 해보면 전체적인 숲이 그려지기도 한다. 부산에서의 현장 경험은 업무에 대한 이해를 더욱 풍성하게 만들어주었다. 팀원들은 현장에 대한 질문이 있으면 수시로 나에게 물었다. 팀장도 나를 자주 불렀다. 일을 할수록 자신감이 생겼다. 자신감은 열정으로 이어졌다. 머릿속은 온통 일에 대한 생각으로 가득 찼다. 주말까지 집에 일을 가지고 와서 어떻게 하면 더 나은 업무 프로세스를 만들까 고민하기도 했다.

"후배들을 데리고 제가 총괄해보겠습니다."
이야기를 건네자 팀장은 흡족한 미소를 건넸다. 기존의 일을 하면서 새로운 업무를 받는 것은 쉽지 않은 결정이었다. 더욱이 집에서 엄마가 오기만을 애타게 기다리는 아이가 있다. 그러나 나는 익숙해진 업무 안에서 타성에 젖어들기보다 새로운 무언가를 발견하고, 결합하고, 창조하고 싶었다. 나의 메모장은 온통 시스템에 대한 개선 사항, 고객들의 건의사항으로 가득했다. 새로운 건의안에 대해 모르는 부분이 있으면 일면식도 없는 유관 팀 담당자에게 전화를 걸어 다짜고짜 묻기도 했다. 작은 부분이라도 나의 아이디어로 개선된 결과물을 보면 커다란 행복감을 느꼈다. 나에게 직장은 매순간 살아 있는 느낌을 주는 곳이었다.

후배들을 데리고 교육 교재를 기획했다. 목차를 만들고 원고를 집필했다. 감수자를 선정해서 전체적인 감수를 진행했다. 일 년 뒤 우리가 만든 교재는 전국의 지점에 배포됐다. 그해 연말 평가에서 팀장의 말대로 A를 받았다. 다음해에도, 그 다음해에도, 또 다시 팀을 옮겨서도 계속해서 A를 받았다. 본사로 발령을 받아 사내 시스템 개선 프로젝트에 투입되고, 세 번의 상을 받기도 했다.

"약아야 돼. 일은 약게 해야 하는 거야."

언젠가 나에게 이런 말을 건넨 선배가 있었다. 곰처럼 일하는 나를 보며 회사에서 중요한 건 업무 능력이 아니라 정치라고 조언했다. 쯧쯧. 혀를 차며 한 마디를 덧붙였다.

"회사에서 일 잘하는 직원은 노땡큐야. 선배들은 오히려 싫어한다고. 일은 평범하게 하고 라인을 잘 타야지."

하지만 나는 회사에서 언제든지 교체될 수 있는 소모품처럼 일하고 싶지 않았다. 일에 자부심을 느끼고, 나만이 할 수 있는 새로운 일을 찾으려고 노력했다. 회사가 파산했을 때 나도 별수 없는 회사의 소모품이었다는 사실을 뼈저리게 느꼈지만, 그러나 여전히 믿고 있다. 적어도 내가 일을 했던 시간만큼은 소모적이지 않았다고, 한 순간도 의미 없지 않았다고.

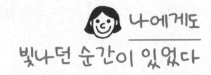

나에게도
빛나던 순간이 있었다

"이번에는 3일짜리야. 착오 없이 준비해."

팀장의 나지막한 목소리가 회의실에 울려 퍼졌다. 그 목소리가 메아리처럼 귓가를 맴돌았다. 3일이라니. 벌어진 입술 사이로 한숨이 새어나왔다.

본사의 서비스전략팀으로 발령을 받은 나는 유럽지역 서비스전략 총괄업무를 담당했다. 팀 내에서 유럽지역 담당은 나와 후배뿐. 이렇게 단 둘이서 유럽지역 산하의 수십 개의 지점과 지역본부를 관리했다.

매년 개최되는 회의에서는 각 지점의 대표들과 지역본부 담당자와 본사 담당자가 필수로 참여했다. 이번 회의에는 유럽지역본부 산하에 있는 독일, 네덜란드, 핀란드, 프랑스, 이탈리아 등 수많은 나라의 지점 대표들이 참석할 예정이었다.

'3일이라니. 매년 하루씩 하더니 왜 올해만 3일이람.'

본사로 발령을 받은 지 일 년도 채 되지 않은 대리에게 3일 짜리 일정을 혼자 준비하라니. 도저히 감이 오지 않았다. 3일짜 리 일정은 지점 직원 교육, 고객사 방문 및 현장 점검, 연례 미 팅 이렇게 세 가지로 구성되었다. 제대로 된 교육 자료도 없는 상태에서 수십 명의 외국인 직원들 앞에서 온전히 영어로 강의 해야 했고, 고객사를 방문해 현장을 점검하고 전체 회의도 준 비해야 했다. 실로 막막한 상황이었다. 매일 야근이 이어졌다. 어떤 교육 자료를 만들라는 구체적인 지시도 없었지만, 시간을 내어 와준 지점 동료들에게 의미 있는 교육을 제공하고 싶었 다. 먼저 직원들에게 어떤 교육이 필요한지 사전 조사를 통해 주제를 선정하고 관련된 사내 자료를 수집했다.

당시 각 지점에서 가장 어렵게 생각하는 부분은 특수화물 선 적 관련 내용이었다. 특수화물이란 화약, 무기 등 폭발 위험성 이 있는 위험 화물, 비행기 날개나 커다란 기계 등 일반 컨테이 너에 적재시킬 수 없는 화물 등을 통틀어 일컫는 표현이다. 이 런 특수 화물은 배에 선적되기 전 선박에 사전 승인을 득해야 만 선적이 가능한데 규모가 작은 지점에서는 특수화물에 대한 이해가 부족해 사전 승인 없이 선적을 했다가 중도에 짐이 내 려지는 상황이 종종 발생했고, 가끔 항만 터미널에서 특수 화물이 폭발하거나 추락해 인부들이 사망하는 사건도 발생했다. 이런 경우 회사가 입는 피해액은 상상할 수 없는 수준이기에 특수화물에 대한 사전 교육의 필요성은 실로 컸다. 나는 사내의 교육 자료뿐만 아니라 각종 해상 교육 관련 사이트, 유튜브 등을 검색하며 참고 자료들을 찾았다. 직원들에게 실제 특수화물이 어떻게 선적되고 화재나 사고가 발생하면 어떻게 처리되는지, 현장의 생생한 모습을 전달하고 싶었다.

독일 함부르크로 향하는 좁은 비행기의 어두컴컴한 실내를 잔잔한 불빛이 밝혔다. 영어로 된 수십 장의 스크립트를 읽어 내리는 나의 눈가에는 총기가 서려 있었다. 당시 첫애는 여섯 살이었다. 아이를 두고 일주일 장기 출장을 떠난다는 게 마음이 아팠지만 반복적인 일상에서 벗어나 새로운 경험을 마주한다는 사실은 나를 설레게 만들었다.

한국에 두고 온 아들에 대한 그리움은 금세 잊혔다. 비행기에 홀로 오른 적이 언제였던가. 온몸이 달아올라 하늘 위로 떠오를 것 같았다. 나는 살아 있었다. 비행기에서 열세 시간 동안 단 한숨도 잘 수 없을 정도로, 살아 있었다.

교육 시작은 아홉 시였지만 한 시간 일찍 회사에 도착해 사전 점검을 시작했다. 커다란 회의실에는 각 지점 및 지역본부 직원들의 명패가 있고, 각각 자신의 이름이 적힌 자리에 앉았다. TV 프로그램인 〈비정상회담〉에서나 볼 수 있는 그런 회의가 눈앞에서 벌어지고 있었다.

교육은 쌍방향으로 진행되었다. 스크립트만 주구장창 외워 갔던 내게 교육 도중 예기치 못한 질문은 당황스러웠지만 그들에게는 익숙한 토론문화였다. 부르르 떨리던 목소리가 조금씩 안정을 찾았다. 어느새 긴장감은 사라졌다. 수업은 우려했던 것보다 훨씬 재밌고 유연하게 흘러갔다. 한 사례에 대해 각 지점에서 발생했던 일들을 각자 설명하며 어떻게 대응했는지 공유하고, 한 지점에서 질문을 던지면 다른 지점에서 바로 답변을 주었다. 함께 생각하고 배울 수 있었던 뜻 깊은 시간, 그 자리에 참석했던 모든 직원들이 강사였다.

교육이 끝난 뒤, 남대문 시장에서 정성스럽게 준비한 한국 전통 문양의 책갈피와 손거울, 부채 등을 각국 직원들에게 나눠주었다. 그리고 함부르크 알스터강을 바라보는 어느 노상의 호프집에서 주황색 가로등 빛이 살포시 내려앉은 테이블에 앉아 밤의 끝자락을 나누었다. 같은 일을 하는 동료로서, 비슷한 삶을 살아가는 친구로서, 함께 울고 웃고 넘어지고 일어서는 인간으로서, 우리는 그렇게 서로의 삶에 잠시 머물다 왔다. 그날 함부르크의 밤공기는 유난히 따스했다.

"김대리는 내가 삼십 년 동안 본 출장자 중 Top 3에 들어!"

유럽지역 본부장은 칭찬을 아끼지 않았다. 수고했다며 따로 준비한 선물을 건네기도 했다. 힘들고 실수도 많았지만 결코 잊을 수 없는, 내 인생의 빛나던 순간이었다.

가까스로 버텨냈던 겁니다

짐작은 하고 있었다. 남편이 언젠가 제대하고 파일럿이라는 꿈을 이루기 위해 떠나는 날이 올 것이라는 것을. 연애를 시작한 시절부터 귀가 닳도록 들어왔다. 그러나 그는 단 한 번도 구체적으로 이야기를 꺼내지 않았다. 확실히 결정되어야 말하는 성격 때문인지 제대 이야기가 나올 때마다 그는 '아마도 그렇게 될 것 같다'라는 두루뭉술한 대답을 하곤 했다. 그래서 그가 떠나지 않을지도 모른다는 실낱같은 희망을 품었던 것 같다. '필요하면 떨어져 지내야지'라며 명랑하게 그의 꿈을 응원한다고 했지만 두 돌밖에 되지 않은 아기를 혼자 키우며 일을 병행할 자신은 없었다.

"8월 말에 샌프란시스코 행 비행기 티켓을 예약했어. 그쪽 비행학교에서 공부하게 될 거야. 일단은 일 년을 계획하고 있는데 더 걸릴 수도 있을 것 같아."

지금 그는 비교적 자세하게 설명하고 있다. 정말 떠나나 보다. 이제 와서 이 사람을 잡을 수는 없다. 남편을 따라갈까, 수십 번 고민했다. 그런데 복직을 한 지 일 년 남짓 된 시점에 또 육아휴직을 쓸 수는 없다. 이미 육아휴직 일수 대부분을 써버렸고, 남은 방법은 둘째를 가지는 건데 그렇게 되면 내 커리어는 끝장날 것이다. 이제서야 조금씩 회사에서 인정을 받으며 일에 재미를 찾기 시작했는데 이 사람만 바라보고 갈 수는 없는 일이다. 결국 그는 떠나고 나는 남는 것이 우리로서는 가장 이상적인 선택이었다.

"그래, 드디어 왔네. 시간이 참 빠르기도 하지. 잘 해봐. 대신 열심히 해주기다."

그에게 어색한 미소를 쥐어짜며 한 마디를 건넸다. 머리는 그의 꿈을 응원하고 있지만 이상하게 마음이 저려왔다. 이 순간을 수도 없이 상상했다. 마음의 준비를 했다고 생각했지만 이별은 마치 처음인 것처럼 남겨진 자의 가슴을 잔인하게 밟는다.

용달차를 불러 신혼집의 가구, 가전제품들을 아빠 회사 창고에 넣었다. 남편은 샌프란시스코 행 비행기에 오르고, 나와 아이는 친정으로 들어갔다. 친정 부모님이 방 한 칸을 비워주시기로 했다. 이 방에 들어가기 위해 나는 수개월 동안 부모님을 설득해야 했다.

결혼이라는 무게는 한 사람에게만 편중되었다. 과연 내가 유학을 결심했다면 남편은 아이를 돌보며 나를 기다릴 수 있었을까. 가족들도 무조건 나의 의견을 존중하고 지지할 수 있었을까. 아마 나는 자식을 버리고 자신만의 삶을 선택한 무정한 어미가 되었을 것이다. 남편은 결혼 전과 변함없이 고민하며 자신의 삶을 설계했지만, 내 삶은 결혼하는 순간부터 '누군가의 아내, 엄마'라는 척도에서 출발해야 했다. 결혼을 한다는 것, 나아가 한 아이의 엄마가 된다는 것은 이전에 어떤 삶을 살았든 누군가의 아내, 엄마로 새롭게 태어나는 것이었다.

수영하는 법도 모르는 사람을 차디찬 겨울바다에 밀어 넣은 것처럼, 몸과 마음이 준비되지 않은 채 나는 광활한 바다에서 생존해야 했다. 아기가 우는 이유도 모른 채 아기를 부둥켜 안고 함께 울었고, 아기를 재우는 법을 몰라 아기 띠를 매고 정처없이 걸어야 했다. 자신의 미래를 꿈꿀 수 있는 남편과 달리 내 삶의 목표는 내가 아닌 가족의 안위이자 행복이 되어 있었다. 그가 떠난 자리에 남겨진 무게는 자연히 내 삶에 흘러들어왔다.

"일어나야지. 십 분 내로 나가지 않으면 첫차 놓쳐."

새벽 다섯 시 오십 분, 아이가 자고 있는 집을 뒤로 한 채 밖으로 나선다. 영종도 집에서 회사가 위치한 소공동까지는 편도 두 시간 반 이상이 걸린다. 버스, 공항철도, 지하철. 이렇게 세 가지 교통수단에 부단히 몸을 옮겨 실어야만 했다. 그러나 새벽 여섯 시 첫 버스에 올라 회사에 도착해도 출근 시각을 일이 분 정도 넘겼다. 고지식한 팀장은 매번 잊지 않고 주의를 주었다. 평상시에는 유순하다가도 이럴 때는 인간적인 틈이 없었다.

자리에 앉았다. 남편과의 소중한 일 년을 포기하고 선택한 자리다. 한 아이의 엄마가 되었지만 아직도 내 이름으로 살아가기 위해 안간힘을 쓰며 버티고 있는 자리기도 했다. 버틴다는 것. 어쩌면 '버티다'라는 동사는 일하는 엄마의 삶을 가장 잘 표현해주는 것 같다. 엄마가 되는 순간부터 회사는 나를 한 개인이 아닌 '엄마'라는 마이너리그 그룹으로 바라보았다. 시선과 대우는 공평하지 않았다. 단지 엄마가 되었다는 이유로 비정기 발령을 받았고, 육아휴직을 썼다는 이유로 진급에서 누락되어야 했으며, 똑같이 일해도 최악의 평가를 권유받기도 했다. '엄마'라는 말에는 회사 내에서 '언젠가는 떠날 사람'이라는 인식이 깊숙이 박혀 있다.

특히 임신을 하고 육아휴직을 쓰면 그런 인식은 더욱 짙어진다. 세쌍둥이를 임신했을 때도 그랬다. 보는 사람마다 회사를 계속 다닐 건지 물었다. 만삭의 무거운 몸으로 힘겹게 진급 시험을 보자 누군가는 '언젠가는 회사를 그만둘 사람이 진급 자리 하나를 뺏는다'는 말을 아무렇지도 않게 뱉기도 했다. 그에게 난 동료였을까. 아니면 처음부터 끝까지 '엄마'였을까.

"엄마, 언제 오는 거야?"

퇴근시간이 다가오자 아이로부터 전화가 왔다. 지금 칼 퇴근을 해도 아홉 시가 되어서야 가까스로 집에 도착할 터였다. 잠들지 않은 아이의 얼굴을 보겠다는 이유로 매일 달렸다. 그 시간이 하루를 버티는 원동력이었다. 해맑은 아이의 얼굴은 삶을 살아갈 당위가 되었고 하루가 다르게 자라는 아이의 모습은 삶을 지속할 이유가 되었다.

먹는 둥 마는 둥 늦은 저녁을 먹고 산더미처럼 쌓인 설거지를 이어간다. 눈꺼풀이 무거워진 아이는 칭얼대며 내 다리에 매달리고, 잔뜩 짜증난 아이를 살살 달래가며 씻긴다. 나란히 누워 아이에게 책을 읽어준다. 땀에 젖은 머리칼을 쓸어 올리면 천사 같은 아이의 얼굴이 환하게 떠오른다. 열한 시가 넘은 시각 깜깜한 창문 너머 주황색 가로등 불빛이 흔들린다. 내일을 위해 잠자리에 들어야 할 시간이다. 벅참과 공허함이 공존하는 시간, 어느새 눈가가 뜨뜻해진다. 흔들리는 가로등 불빛처럼 위태롭게 버티고 있던 삶이 와르르 무너질 것만 같다.

당시 내게 삶이란 버티는 것이었다. 버텨내는 것 외에는 도무지 다른 방도가 없었다. 다들 그렇게 버티는 것이라고 했다. 나의 할머니도 그러했고, 나의 엄마도 그러했다고 했다. 그게 당연한 삶의 모습이라고 배웠다. 쳇바퀴 돌듯 반복되는 삶. 매달 '스치듯 안녕'하는 월급을 바라보며 하루가 다르게 자라는 아이에게서 삶의 이유를 찾아야 했다. 삶이 거대한 구멍에 턱 걸린 채 그대로 정지된 것만 같았다.

　　그러나 삶은 정지된 게 아니었다. 거센 물살에 완고하게 버티는 것처럼 보여도, 삶은 흐르고 있었다. 조금씩 앞으로 나아가고 있었다. 거친 파도는 결국 잔잔한 물결을 만났고 파도가 흘러가버린 만큼 나도 성장했다. 어쩌면 버틴다는 것은 그 시간을 이겨내고 있다는 말인지도 모르겠다. 버틴다는 건, 그 자체로 의미가 있었다.

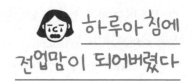

하루아침에
전업맘이 되어버렸다

'○○기업 산업은행 지원 실패, 결국 법정 관리 신청'

세쌍둥이를 낳고 육아휴직 중, 포털사이트에 대문짝만 한 속보가 떴다. 두 눈을 크게 떴다 감기를 반복했다. 믿을 수가 없었다. 속보의 주인공은 다름 아닌 우리 회사였다. 믿을 수 없는 기사에 반쯤 넋이 나간 상태로 기사를 읽어내렸다. 심장이 두근두근했고 가슴속에 뜨거운 무언가가 타들어가는 것 같았다.

'법정 관리라니! 그럼 난 어떻게 되는 것인가. 짤리는 건가. 내 자리를 어떻게 지켜왔는데…'

회사 사정이 좋지 않다는 건 알고 있었지만 이렇게 되리라는 건 누구도 예상하지 못했다. 에이. 거대한 기업이 하루아침에 그럴 일은 없을 거야. 두터운 철옹성 안에 있던 사람들은 성벽이 영원할 거라 믿었었다. 막막함이 파도처럼 온몸을 휘감았다. 불투명한 미래, 얼마 전 태어난 세쌍둥이까지 아들 넷 엄마. 눈을 감아도, 떠도 불안했다.

한때 국내 1위, 세계 7위였던 거대한 해운회사는 순식간에 침몰했다. 2017년 1월 31일, 내 이름 석 자를 포함해 직원들의 이름이 적힌 사직 공고가 사내 게시판에 올라왔다. 지난 8년을 함께한 회사, 대학을 졸업하고 열정과 청춘을 바친 회사, 부족한 내게 과분하게도 많은 경험을 하게 해준 회사. 하루에도 몇 번씩 그만두고 싶을 때도 있었다. 그러나 한 번도 회사 밖으로 진짜 나간다고는 상상하지 못했다.

"퇴직서를 메일로 보내드립니다."

8년간 몸담았던 회사와의 작별은 참으로 간단했다. 전 세계 수백 개의 지점을 두고 수천 명의 생명줄을 잡고 있던 대기업은 남겨진 자들의 삶을 너무나도 무책임하게 팽개쳤다. 회사는 고작 메일로 퇴직서를 보내왔다. 육아휴직자들에게 먼저 발송된 메일이었다. 회사가 매각된 중견회사에는 직원의 절반만이 흡수될 예정이었다. 바로 복직하지 않으면 제명될 거라 했다. 단지 육아휴직을 했다는 이유로 1순위 제명 대상이 되었다.

"설마 지금 복직할 거 아니지?"

남편이 조심스럽게 물어왔다. 세쌍둥이가 태어난 지 겨우 육 개월 남짓 된 시점이었다. 어린 아이들을 두고 언제 사라질지 모를 자리를 지키기 위해 다시 회사로 출근하는 게 현명한 선택일까. 아들 넷을 돌봐줄 사람조차 구하기 어려울 것이다. 어쩌면 베이비시터에게 들어가는 비용이 나의 알량한 월급보다 클지 모른다. 불안한 마음에 같은 해 출산한 동기와 통화해보니 그녀는 회사를 선택하겠다고 했다. 삼십대 중반의 나이에 엄마라는 꼬리표를 달고 새 직장을 구하는 건 쉽지 않다. 어떻게든 이 동아줄을 부여잡아야 하는 것일까. 그러나 그 줄은 끊어질 듯 위태로웠다.

동이 트고 아기들이 울어대자 미래에 대한 고민을 가슴에 눌러 담고 다시 현실을 향해 손을 뻗어야 했다. 우는 아기를 안아 달래고 다른 아기는 셀프 수유 쿠션을 장착시키고 분유를 먹이며, 스윙에 앉혀 발로 밀어 달래야 했다. 절망이라는 감정조차 사치였다. 독박육아를 헤쳐 나가야 하는 눈앞의 현실이 먼저였다. 세 아기들을 먹이고 트림시키는 과정을 반복하자 그제서야 울음이 멈췄다. 생각을 할 틈도 없이 묵직한 세 개의 기저귀를 향해 손이 쉴 새 없이 움직였다. 기저귀를 갈아주니 편안한지 그제야 배시시 웃음을 던졌다. 아이들의 천사 같은 표정에 가슴 한켠이 뭉클했다. 도저히 용기가 나지 않았다. 이렇게 어린 아이들을 두고 '내 이름'을 지키기 위해 회사로 향하는 건 누구의 말처럼 욕심인 것 같았다.

결국 퇴직서를 회신했다. 마음이 헛헛해졌다. 가슴에 커다란 구멍이 뚫리고 안으로 한기가 드나드는 것 같았다.

"엄마! 고마워! 난 엄마가 좋아! 정말! 정말!"

회사에 나가지 않는다는 엄마의 말에 첫애가 함박웃음을 지으며 뛰어와 품에 안겼다. 아이의 두 눈에는 눈물이 고여 있었다. 여기가 내 자리일까. 아이들에게 안정적인 사랑을 주는 엄마가 되는 것, 내 손으로 아이들 먹거리를 준비하고 아이들을 보듬으며 전쟁 같은 하루를 보내고, 잠시 주어지는 휴식시간을 목이 빠지게 기다리는 게 내 삶일까?

회사를 그만두고 아들 넷 육아를 전담하면서 집은 창살 없는 감옥이 되었다. 이야기 나눌 대상도 없이 육아라는 세계에 고립되었다. 세상과 단절되자 자연스럽게 말수가 적어졌다. 말수가 적어지자 가끔씩 누군가와 이야기할 때마다 생각지도 못한 말실수가 자꾸 튀어나왔다. 수영장이 수앵장으로, 키친타올이 치킨타올이 되었다. 얼굴이 화끈거렸다. 누군가와 이야기를 나누는 것이 부담스러웠고 자존심이 땅끝까지 추락하는 것 같았다. 불과 몇 년 만에 한 사람이 이렇게 변할 수도 있는 것일까? 비참했다.

"Oh, sweetie, your diaper is wet. Let's change diaper.(어머, 우

리 아가 기저귀가 젖었네. 기저귀 갈자.)" 멀뚱멀뚱 엄마를 바라보는 아기의 기저귀를 갈며 안 쓰던 영어를 억지로 뱉어보았다. 새까만 아이의 눈동자에 내가 비쳤다. 후줄근한 티셔츠를 입고 떡진 머리를 하고 있는 한 아줌마가 보였다. 누구보다 치열하게 살았는데 왜 이렇게 되었을까.

나에게 인생은 커다란 상자 같은 것이었다. 십대에는 좋은 대학에 들어가기 위해 열심히 경쟁했고, 이십대에는 취업을 위해 최선을 다했으며, 삼십대에는 일과 육아를 병행하며 직장을 놓지 않으려 사력을 다했다. 사회가 정한 상자에 들어가는 것이 인정받는 삶, 잘 쓰이는 삶이라고 믿었다. 그렇게 상자 안에서 누구보다 열정적으로 살아왔다. 그러나 삼십대 중반을 코앞에 두고서야, 세쌍둥이를 낳은 아들 넷 엄마가 되고 나서야 깨달았다. 그토록 치열하게 살아온 내게 남겨진 단어는 누군가의 엄마, 누군가의 아내, 누군가의 며느리, 그리고 경단녀밖에 없다는 것을. 나만은 다르리라 믿었지만 여자로서의 한계를 결국 뛰어넘지 못했다.

그렇게 나는 하루아침에 전업맘이 되어버렸다.

2^부

퇴사하고 집으로 출근합니다

시계를 보니 삼십 분밖에 지나지 않았다. 분명히 삼십 분 전 1
호에게 분유를 주었는데 지금은 2호가 자지러지게 울고 있다.
2호에게 분유를 주고 트림을 시킨 뒤 다시 잠자리에 들었다.
어느덧 새벽 다섯 시, 기나긴 밤의 끝자락이다. 육아일지를 보
니 어젯밤에도 아홉 번을 일어나 수유했다. 신생아는 두세 시
간 간격으로 수유를 해야 하기에 새벽에도 일어나 수유를 해야
한다. 아이당 보통 서너 번 새벽 수유를 하니 최소 열 번 이상
일어나야 한다는 이야기다.

　잠을 제대로 자지 못해서일까, 어지러워서 구역질이 날 것
같다. 이대로 쓰러져 단잠에 빠지고 싶지만 이어 3호의 날카로
운 울음소리가 나를 찔러댄다. 무거워진 눈을 꿈뻑 떴다 감으
며 3호를 품에 안는다. 가까스로 3호에게 수유를 하고 트림을

시킨다. 갑자기 이상한 기분이 들어 아이를 다시 보니 아뿔싸, 3호가 아니라 1호다.

1호와 3호는 일란성 쌍둥이다. 얼굴이 같은 두 아이가 헷갈려 처음에는 아이들의 발목에 각각 다른 색 끈을 묶기도 했다. 조금씩 커가자 두 아이를 구분하는 건 한결 수월해졌다. 그러나 쏟아져 내리는 잠은 얼마 남지 않은 정신마저 앗아갔다. 잠결에 엉뚱한 아이에게 수유하는 일이 빈번했다. 한 아이의 기저귀만 갈기도 했다. 기저귀가 묵직하게 젖은 채 배를 곯은 아이는 나를 원망하듯 쳐다보았다. 죄책감과 책임감 사이에서 좀처럼 갈피를 잡지 못했다. 엄마라는 자리는, 더욱이 아들 넷 엄마라는 자리는 잔인하고 어려운 숙제였다. 동이 트고 햇빛이 비죽하게 창가에 내려앉았다. 긴긴 밤은 어느새 끝이 나고 새로운 하루가 시작되고 있었다. 으앙. 아이의 울음소리가 또다시 들려왔다. 끝은 새로운 시작과 만났다. 육아는 무한히 돌고 돌았다.

스물일곱에 첫아이를 낳았다. 아기가 우는 이유가 무엇인지도 몰랐던 철부지 엄마는 아기가 울 때마다 설명할 수 없는 답답함을 느꼈다. 도대체 어떻게 해야 하는지 감이 오지 않았다. 작은 가전제품을 구입해도 사용설명서가 있기 마련인데, 아기는 어떻게 키워야 하는 건지 알 길이 없었다. 산후조리원에서 아기를 안고 집으로 도착하던 날이 눈에 선하다. 이마에 진땀을 흘려가며 품안에 아이를 하루 종일 안고 있었다. 아이가 울면 큰일이 나는 줄 알았다. 아기를 울리지 않는 것이 좋은 엄마라고 생각했다. 칭얼댈 때마다 아이를 안고 흔들어댔다. 아이를 방에 눕힌 뒤, 베란다로 가서 차갑게 식은 밥을 꾸역꾸역 목구멍으로 밀어 넣었다. 아주 작은 소리에도 눈동자를 커다랗게 굴리며 호들갑을 떨었고, 우는 아이를 잠시도 떼어놓지 못해 아이를 안은 채 용변을 보기도 했다. 자연스럽게 아기띠와 혼연일체가 되어 살았다. 하루 종일 아이를 업고 살림을 했다. 아이도, 엄마도 불안했던 시간이있다. 우리는 모두 '처음'이었기에.

　서른셋의 나이에 세쌍둥이를 임신하자 덜컥 겁부터 났다. 첫 애를 얼마나 힘들게 키웠는지 선명히 기억했기에. 다시 시작하는 신생아 육아, 더욱이 세쌍둥이 육아는 공포로 다가왔다. 만반의 준비를 하고 아이들을 맞이했다. 시중에 있는 육아서를 모조리 읽고 또 읽었지만 여전히 육아는 어려운 길이었다. 도대체 내가 어디쯤에 있는지, 얼마나 더 가야 하는지 묻고 싶었지만 물을 대상도, 대답을 해주는 누군가도 없었다. 육아는 끝이 보이지 않는 답답함 속에서 오늘 하루를 버티는 것이었다.

적어도 엄마가 되기 전에 겪었던 일들은 더디게 흘러가더라도 내가 어디에 있는지는 알 수 있었다. 회사에서 아무리 어려운 업무가 주어져도 조금씩 진행하다 보면 어떻게든 끝이 보였다. 노력하면 노력한 만큼의 결실이 보였고 투자하면 투자한 만큼의 결과가 있었다. 시작, 과정, 끝이 명료한 일들이었다.

하지만 육아는 그렇지 않았다. '엄마가 되는 일'은 지금까지 살면서 겪어왔던 그 어떤 일보다 어렵고 가혹하게 느껴졌다. 노력해도 결실이 보이지 않았고, 시간과 비용을 투자해도 좋은 결과를 기대할 수 없었다. 오늘은 아기가 우는 이유를 어렴풋이 감을 잡은 것 같다가도 내일은 다시 원점으로 돌아가 허덕이는, 무한 리셋되는 도돌이표였다. 차라리 시한부 고통이라면 희망은 있겠다. 출근과 퇴근처럼 시간이 정해져 있다면 더디게 움직이는 시곗바늘이라도 원망해보겠다. 누군가 월급이라도 준다면 스치듯 안녕하는 통장의 잔고를 보며 찰나의 행복이라도 느껴보겠다. 그러나 육아에는 출근도, 퇴근도, 결정적으로 월급도 없었다.

하루 종일 부단히 몸을 움직였다. 세쌍둥이가 어렸을 때는 잠조차 포기하며 온전히 아이들의 먹고, 싸고, 자는 욕구에 집중했다. 단 한 시간도 제대로 쉴 수가 없었다. 아이들이 자라 한숨 돌릴 시기가 되어서도 이른 아침부터 늦은 밤까지 식사 준비, 설거지, 간식 준비, 빨래, 청소, 아이들 먹이고 씻기고 입히기, 책 읽어주기, 재우기 등 끝도 없이 이어지는 일과를 감당해야 했다.

그런데 이상하게 돌아서면 모든 것이 원점으로 돌아가 있는 듯했다. 팔다리를 힘껏 허우적대도 광활한 우주 한복판에 버려진 듯한 허무함을 종종 느꼈다. 아무리 쓸고 닦아도 티가 나지 않는 일, 뭐 하나에 구멍이 생겨야 티가 나는 일, 움직이는 자의 수고가 너무나도 당연하게 인식되는 일. 그것이 가사노동의 민낯이었다. 본전도 찾기 힘든 게임이었다.

육아는 왜 자꾸 리셋되는 걸까? 조금도 나아지지 않는 현실에 절망을 느꼈다. 어제와 별반 다르지 않은 오늘을 겪어내며 내일은 조금이라도 나아질까 하는 기대조차 품지 못했다. 그저 힘겹게 하루 하루를 버텼다. 어디쯤인지, 얼마나 더 가야 하는지, 어디로 가야 하는지조차 모른 채 견뎌야만 했다.

그렇게 십 년이 흘렀다. 첫애는 열 살이 되었고 나의 '엄마 나이'도 어느덧 열 살이 되었다. 여전히 육아는 불안하고 어렵다. 여전히 하루는 매번 원점에서 지겹도록 반복되는 시간이다. 그러나 십 년을 묵묵히 걷다 보니 이제야 조금은 보인다. 육아는 매일 처음으로 리셋된 게 아니었다는 걸. 매일 반복되는 고된 일상이었지만 실은 아주 조금씩 나아지고 있었다는 걸.

아이들이 성장하듯 나의 하루도 자랐다. 가끔 아이들의 사진을 보면 이렇게 작았던 아이들이 이만큼 성장했다는 것이 믿어지지 않는다. 지겹고 괴로웠던 시간들, 도무지 나아질 것 같지 않던 일상에 묻혀 예쁘고 사랑스러웠던 아이들을 한 번 더 안아주지 못했던 지난 시간이 원망스럽다.

영화 〈어바웃타임〉에 이런 대사가 나온다. "반복되는 하루를 사는 우리는 어쩌면 매일 똑같은 하루를 새로 선물 받는지도 모른다." 일출과 일몰은 매일 존재한다. 그러나 지겹게 반복되는 하루 속에도 각양각색의 아름다운 순간이 존재한다. 태양은 또다시 뜰 것이다. 어제 그랬던 것처럼.

첫애를 키울 때 나는 유별난 엄마였다. 제품 하나를 사더라도 시간과 정성을 들였다. 좋은 엄마라면 마땅히 그렇게 해야 한다고 생각했다. 이유식 소고기는 한우만 구매했고 과일과 채소도 유기농만 고집했다. 안전한 먹거리를 위해 초록가게를 애용했고, 제품에 무농약, 무항생제, 친환경 농산물 마크가 붙어 있어야 안심이 되었다.

원산지와 원료 비율을 확인하는 것도 잊지 않았다. 오렌지 주스 하나를 사더라도 식품 성분을 확인했고 착즙음료인지 무가당인지 첨가물은 없는지 꼼꼼히 살폈다. 가격이 두 배 비싸더라도 그만큼의 정당한 품질이 뒤따를 것이라는 순진한 믿음이 있었다. 시중에 파는 과자조차 아이에게 쉽게 내어주지 않았다. 밀가루 성분이 아이 피부에 아토피를 일으킬까 걱정되었기 때문이다. 그래서 설탕 함유량이 적은 유아용 유기농 과자만 구매했고 탄산음료도 초등학교에 입학해서야 처음으로 먹게 했다.

첫애는 유독 입이 짧았다. 밥을 먹이는 시간은 절망과 탄식이 오가는 전쟁터였다. 채소를 달걀말이에 몰래 넣거나, 아이가 보지 않는 틈을 타 쌀밥 사이에 하나씩 넣어야 했다. 도무지 입을 벌리지 않을 때는 아이의 입속으로 하루에도 수십 번씩 숟가락 비행기를 날리고는 했다. 첫애는 특히 고기를 싫어했다. 어렸을 때부터 철분이 부족해 눈 밑에 다크서클을 달고 있는 아이에게 매끼 고기반찬을 해주었다. 하지만 아이는 고기를 얹은 한 숟가락의 밥을 마치 염소가 여물을 씹듯 아주 느리게 씹어댔다. 매일 아침 출근을 해야 하는 나는 분통이 터졌다. 화를 가까스로 참으며 고기가 맛이 없냐고 물으면 아이는 항상 이렇게 말했다.

"엄마, 고기는 종이를 씹는 것 같이 맛이 없어."

첫애는 한순간도 쉽게 넘어가는 게 없었다. 돌이켜보면 첫아이였기 때문에 엄마인 나도 매 순간 힘이 들어갔던 것 같다. 어쩌면 아이에게 최고만을 해줘야 한다는 엄마의 강박과 욕심이 자연스럽게 흘러갈 수 있는 육아를 그러지 못하게 한 것 같다. 열정만 가득하고 현실감은 뒤떨어졌던 첫 육아였다.

세쌍둥이가 태어나면서 나는 육 년간 간직했던 '유별난 엄마'라는 타이틀을 떼어버렸다. 다른 각도에서 보면 별날 정도로 소탈한 엄마가 되어버렸다. 제품 하나를 구매하더라도 시간과 정성을 들였던 예전의 나는 온데간데없이 사라졌다. 방대한 가사일을 하며 하루에 단 몇 분도 쉴 수 없는 와중에 정성과 시간을 들이는 것은 낭비에 가까웠다.

아이 하나를 키우기 위해서는 온 마을이 필요하다는 아프리카 속담이 있는데, 하물며 아이 넷을 키우기 위해 드는 온갖 자원과 노동력의 범위는 가히 상상을 초월했다. 세쌍둥이 육아에는 이틀에 분유 한 통, 기저귀 한 박스가 필요했다. 하루에 보통 열 번 이상 수유하는 것을 감안하면 수십 병의 젖병을 매일 설거지해야 했다. 아이들이 어린이집에 가고 나면 식판 세 개, 숟가락과 포크 여섯 개를 일일이 닦았다. 하루에 최소 네 번 이상 수북이 쌓인 설거지를 해야 했다. 쌓이는 설거지만큼 빨래 양도 어마어마했다. 우리 가족 여섯 명의 빨래를 감당하기 위해 하루라도 세탁기를 돌리지 않으면 마비가 될 정도였다.

아들 넷 육아에는 효율이 가장 먼저 고려돼야 했다. 가성비를 철저히 따져 가장 저렴하고 합리적인 제품을 구매했고, 신선식품은 하루에 소비되는 양이 어마어마하기에 오프라인 할인매장에서 주기적으로 대량 구매했다. 세쌍둥이 이유식을 시작했을 때는 일명 '때려 넣기 이유식'으로 유명한 '밥솥 이유식'을 진행했다. 매끼 따뜻하고 신선한 이유식을 바로 조리해서 먹이고 싶은 마음은 굴뚝같았지만, 육아 전쟁터에서 평화롭게 가스불 앞에 서서 냄비 안의 죽을 졸일 여력도 없었거니와 그렇게까지 하고 싶은 열정 또한 존재하지 않았다. 생고기, 생야채로 갓 만든 이유식이 영양이 보존된다든지 하는 말은 과감히 신경 쓰지 않기로 했다. 포기할 건 포기해야 했다.

밥솥 이유식은 생각보다 훨씬 편리했다. 아이들이 잠든 사이 채소를 종류별로 다져서 아이스 큐브에 소분해놓고, 한 덩어리씩 꺼내어 쌀가루, 다진 고기와 함께 넣어 이유식 버튼을 누르면 20~30분 안에 이유식이 뚝딱 완성되었다. 한 번에 열 끼 분량의 이유식이 나왔으나 세쌍둥이가 하루 먹으면 소진되는 양이었다. 그래서 가끔은 시판 이유식도 이용했다. 할인율이 높을 때 각종 쿠폰을 써서 대량으로 쟁여놓고 이틀에 한 번은 시판 이유식을 먹였다. 밥을 차리기 귀찮을 때면 과자파티와 빵파티를 벌였다. 첫애를 키웠을 땐 감히 상상할 수 없는 일이었지만 지나치지 않은 선에서는 괜찮다고 믿었다. 아이들은 생각보다 잘 먹고 잘 자라주었다. 유기농에 온갖 값비싼 식재료로 만든 음식은 아니지만 다양한 맛을 거부감 없이 접하며 편식 없이 성장해주었다.

아들 넷 엄마로서의 시간은 곰손이었던 내 숨은 재능을 일깨웠다. 과거에는 보통 한 번에 한 가지 일을 아주 천천히 진행했는데, 이제는 두세 가지 일을 동시다발적으로 처리하는 데 익숙하다. 식판 두 개를 번갈아가며 사용하여 틈틈이 설거지하는 동시에 다음 날 아침 어린이집 가방을 미리 싸놓고, 세탁기를 돌리며 아이들이 좋아하는 콩나물 무침, 멸치볶음, 미역국 등 몇 가지 반찬을 뚝딱 완성하기도 한다.

육아는 하나의 업무가 되었다. 전업맘의 하루는 정해진 것 없이 들쑥날쑥 이루어질 것 같지만, 나는 하루 일과표를 만들어 매일 똑같은 루틴 안에서 생활하고자 노력한다. 그렇다고 항상 같은 일을 하는 건 아니다. 아이들이 많은 만큼 내일 챙겨야 할 사항이 다르기에 우선순위를 두어 진행한다. 현관문에는 요일별 준비사항을 커다란 체크리스트로 만들어 붙여두고 아침마다 확인하며 최대한 효율적으로 움직이고 있다.

가사 분담도 중요한 영역이다. 남편이 집에 있을 땐 내가 세탁기를 돌리면 남편이 건조된 의류를 접어 마무리하고, 내가 밥을 차리면 남편이 설거지를 담당한다. 매일 하지 않아도 되는 청소나 첫애의 숙제를 봐주는 일처럼 비정기적인 일 또한 남편의 일이다. 남편의 유니폼 세탁 및 다림질은 그가 스스로 해결하도록 한다. 가사 일이 엄마만의 전유물은 아니니까.

열 살인 첫애도 가사 일에 적극적이다. 책상 정리, 세탁물 접기, 쓰레기 버리기, 마트 심부름, 가끔은 설거지까지 돕는다. 하루에 두 번은 온 가족이 거실 장난감을 함께 정리하는데 장난감 정리는 첫애의 주도로 재미있는 놀이처럼 이루어진다. 아이들에게는 동기부여가 중요하다. 무턱대고 정리하라고 하기보다 긍정적인 자극을 주면서 정리를 시키면 한층 즐거워한다.

"이 통에는 빨간 장난감만 넣어보자."

"이번에는 자동차 다섯 개를 누가 가장 먼저 가져오는지 볼까?"

아이들이 해맑은 표정으로 여기저기 널브러져 있던 장난감을 분주히 가져온다. 아직 어리지만 제법 스스로 할 수 있는 것이 많다. 세 돌 된 세쌍둥이는 스스로 입고 씻으며, 세탁물을 정리하거나 자신이 먹은 식기를 싱크대에 가져다 놓기도 한다. 상을 차릴 때도 아이들과 함께 준비한다. 밥을 하나씩 퍼 놓으면 밥그릇과 반찬을 조심스럽게 상 위에 놓는 건 아이들의 몫이다. 고사리 같은 손가락으로 열심히 숟가락과 젓가락을 놓는 모습이 사랑스럽다. 아직 서투르지만 일을 스스로 찾아서 하는 아이들을 바라볼 때면 흐뭇한 마음이 차오른다.

첫애가 어렸을 때 나는 아이 뒤를 졸졸 따라다니며 어질러진 장난감을 곧바로 정리했다. 물티슈로 닦고 또 닦고, 강박적으로 늘 정돈된 환경을 유지하려고 노력했다. 아이의 주위에는 최상의 제품과 음식, 장난감이 넘쳐났다. 결핍이 없는 아이였다. 하지만 아들 넷을 키우며 결핍은 때로 원동력이 된다는 걸 깨닫는다. 비록 지금의 우리 집은 그때에 비하면 어지럽고, 최상의 제품으로 가득한 것은 아니지만, 결핍은 아이들을 부지런히 움직이게 했고 혼자 살아가는 존재가 아님을 깨닫게 했다. 부단한 움직임은 커다란 배움이 되리라 믿는다. 자신을 이해하고, 엄마를 이해하며, 한 사람으로서의 사고의 폭을 넓혀줄 것이라 생각한다.

이제 나는 마음을 비웠다. 발 디딜 틈조차 없는 거실을 보면서 늘 내 마음대로 될 수는 없다는 걸 깨닫고, 간식으로 대충 아이들의 끼니를 때워도 죄책감을 느끼지 않는다. 굳이 매일 목욕시키지 않아도, 남들처럼 교육시키지 않아도 예전처럼 불안하거나 초조하지 않다. 이게 나의 최선이니까. 내가 할 수 있는 범위에서 무리하지 않는, 마음이 건강한 엄마가 되는 게 더 중요하다는 것을 아니까.

어느 육아 전문가가 좋은 엄마에 대해 이렇게 정의한 적이 있다. "하지 말아야 할 것을 하지 않는 것만으로 이미 당신은 좋은 엄마"라고. 그녀의 말을 들으니 자신감이 차올랐다. 이미 나는 충분히 좋은 엄마였다.

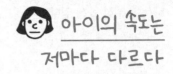

아이의 속도는 저마다 다르다

백일의 기적은 오지 않았다. 곁에 앉아 자장가를 불러주면 아이가 스르르 단잠에 빠지는 마법 역시 나에게는 일어나지 않았다. 백일 하고도 한 달을 훌쩍 넘었지만 아이에게는 작은 변화도 없었다. 여전히 잠들기를 힘들어했고 예민하게 엄마 품을 찾았다. 답답했다.

'분명히 백일이 지나면 기적이 온다고 했는데 왜 나에게는 기적이 안 올까?'

'이쯤이면 뒤집기를 한다는데 내 아이가 느린 게 아닐까?'

'다른 아이는 방실방실 잘 웃던데, 엄마와의 교감이 부족한 건가?'

이른 나이에 육아를 시작한 탓에 주변에는 육아에 대해 조언을 구할 친구가 없었다. 불안한 마음이 들 때마다 컴퓨터를 켜고 육아에 대한 글을 읽었다. 인터넷에는 육아 성공담이 넘쳐났다. 글을 읽을수록 우울감이 밀려왔다. 남들은 잘하고 있는데 왜 나만 힘들까? 다른 아기는 잘 자는데 왜 내 아이만 까칠하고 예민할까? 아이에게 무슨 문제가 있는 걸까? 아님, 내가 아이를 잘못 키우는 걸까? 매일 밤 답을 모를 질문이 끈질기게 쏟아졌다. 육아는 유난히 나에게만 혹독한, 도무지 풀 수 없는 어려운 숙제 같았다.

6년 후, 세쌍둥이 육아를 시작했다. 한 번 겪어낸 육아였지만 여전히 초조하고 확신이 없었다. 미숙아로 태어난 세쌍둥이는 평균 발달치보다 한참이나 느리게 성장했다. 다행히 잘 먹어준 덕택인지 신체적 발육상태는 평균치를 따라잡았지만 언어 발달은 현저히 느렸다.

그중에서도 2호의 언어발달은 걱정될 정도였다. 두 돌을 훨씬 지난 시점이었는데도 입에서 뱉을 수 있는 단어는 몇 개에 지나지 않았다. 그마저도 발음이 부정확하고 가끔은 말을 더듬기까지 했다. 엄마가 아니라면 도무지 알아들을 수 없는 수준이었다. 일란성 쌍둥이인 1호와 3호는 제법 문장을 구사하며 더디지만 꾸준한 향상을 보여주었다. 하지만 이란성 쌍둥이인 2호의 언어 수준은 단어를 말하기 시작한 첫돌 이후 정체된 느낌이었다. 걱정스런 마음에 육아서를 들여다보니 2호의 발달 수준은 생후 12~18개월 정도였다. 평균보다 뒤떨어져도 한참이나 뒤떨어진 상태였다. 조금만 더 기다려보자고 마음을 다독였지만 2호의 어눌한 발음이 귀에 예민하게 박혀왔다. 아이의 발달 과정 하나하나가 마음에 걸렸고 보통의 아이들보다 느리면 속상했다. 6년 전 그때처럼 불안한 마음이 들면 별 수 없이 인터넷을 열었다. '언어가 느린 아이'라 검색하니 많은 아이들이 어린 나이에도 언어치료를 받고 있었다. 발달검사를 받아야 할까, 조바심이 생겼다. 언어문제에 대해 남편과 수없이 논의했지만 그때마다 남편의 답변은 같았다. 조금만 더 기다려보자. 때로 그 말이 야속하게 들렸다.

걱정은 기우에 지나지 않았다. 그 후 반 년간 2호의 언어는 폭발적으로 발달했다. 믿기지 않을 정도였다. 1호와 3호처럼 제법 문장을 구사하고 존댓말, 의문문을 말하기도 했다. 어휘도 풍부해졌다. 사물, 동물, 의성어, 의태어 등 많은 어휘를 어눌하지만 부단히 뱉으려고 노력했다. 생각해보니 2호는 1호와 3호가 이야기할 때마다 습관적으로 따라했다. 1호가 이야기하면 2호가 반복했고, 3호가 무언가를 설명할 때도 옆에 가만히 앉아 정확하지 않은 발음으로 따라하고는 했다. 돌이켜보니 2호는 나름의 방식으로 부단히 노력했던 것이었다.

보통 언어가 폭발적으로 느는 시기는 생후 12~24개월이다. 대부분의 부모는 자신의 아이가 육아서에 적힌 통상적인 범위 안에서 자라주기를 바란다. 아이가 평균에 들지 못하면 조바심을 느끼고 걱정한다. 실질적인 성공 데이터가 주변에 있으면 불안은 심해진다. 옆집 아이가 속사포처럼 말을 할 때, 친구의 아이가 내 아이보다 어린 월령에 걷기 시작할 때, 심지어 문화센터 같은 반 아이가 기저귀를 뗀 걸 목격했을 때 부모는 정체 모를 불안을 느낀다.

"아이가 몇 개월이에요?"

한국 엄마들이 또래 아이를 데리고 있는 엄마를 만났을 때 가장 먼저 하는 질문은 언제나 같다. 과연 이 아이는 내 아이보다 빠를까, 아님 느릴까. 무의식적으로 비교하며 내 아이가 느리다는 것을 확인한 순간 이상한 패배감에 휩싸여 아이를 채근하거나 엄마로서 자신을 책망하기도 한다.

〈공부머리 독서법〉의 저자 최승필은 교육에서 가장 빠지기 쉬운 오류 하나는 '속도와 우수함을 혼동하는 것'이라고 지적한다. 이를테면 3~4세에 한글을 뗀 아이가 6~7세에 한글을 뗀 아이보다 우수하고, 영유아기에 파닉스를 익힌 아이가 초등학생 때 익힌 아이보다 우수하며, 중학교 2학년 수학까지 선행학습을 한 초등학생이 그렇지 않은 아이보다 뛰어나다고 느낀다는 것이다. 그러나 속도가 항상 우수함으로 연결되는 것은 아니다. 오히려 아이의 성향을 고려하지 않은 채 지나치게 빠른 속도를 강요한다면 아이가 가지고 있었던 고유의 속도를 더욱 더디게 만들 수도 있다.

영국의 아동 정신분석학자인 에릭슨은 부모가 되고 아이를 키우는 것이 인생에서 중요한 발달 과제 중 하나라고 말했다. 어쩌면 부모가 된다는 것은 자신의 마음속 수많은 불안을 견디는 과정일지도 모른다. '육아'라고 쓰고 '도를 닦는다'고 표현하고 싶은 지난한 육아의 과정이다. 아이를 키우다 보면 종종 뜻하지 않은 상황과 마주하게 된다. 아이가 조금 느릴 수도, 산만할 수도, 예민할 수도 있다. 대부분의 아이는 부모가 믿고 기다려주면 정상 발달을 따라잡지만 그 과정에서 부모는 수많은 불안감을 견뎌야 한다.

나 역시도 불안했다. 그러나 저마다 다른 기질을 가진 네 명의 아이들을 키우며 아이마다 자신만의 속도가 존재한다는 것을 깨달았다. 아이들이 육아서에 정의된 평균치의 발달 범위에 들지 않아도, 백일의 기적이 찾아오지 않아도, 다른 아이처럼 빨리 걷거나 기저귀를 떼지 못해도 그럭저럭 불안을 견디는 법을 터득한 것 같다.

첫애가 열 살의 의젓한 아이가 되기까지 아이만 자란 것이 아니었다. 하루하루 불안을 견디며 엄마로서 나도 조금씩 성장했다. 지금 나는 분명히 안다. 아이마다 속도가 다르다는 걸. 어쩌면 부모의 역할은 주변의 소음으로부터 끊임없이 불안을 견디며 아이의 속도에 맞게 걸어주는 게 아닐까.

EBS 다큐프라임 〈아이의 사생활〉에서 부모의 적극적인 개입이 아이의 낮은 자존감으로 이어진다는 것을 보여줬다. 실험에 참가한 아이들에게는 퍼즐 조각이 주어졌는데 과제를 어려워하자 자존감이 낮은 아이의 부모는 대신 해결해주려 했고, 자존감이 높은 아이의 부모는 아이가 스스로 해결하도록 기다려주었다.

조급해하지 않고 기다려주는 부모가 되는 것, 말처럼 쉽지는 않다. 아이들은 내 바람대로 크지 않을 것이다. 나 역시 부모이기에 아이들이 통상적인 범위 안에서, 조금 더 솔직히 이야기하자면 우수하게 성장하길 바란다. 그러나 내가 생각하는 좁은 스펙트럼을 정답이라고 여기며 그 안에 아이들을 밀어 넣고 싶지는 않다. 조금 모자라더라도 자존감이 높은 아이로 성장할 수 있도록 격려해주고 지지해주고 싶다. 부모가 불안을 견디는 시간만큼 한 발 물러서면 아이는 두 발 전진하는 날이 올 것이라 믿는다.

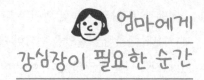

바람 잘 날이 없다. 아들 넷을 키우는 하루하루는 마치 시한폭탄을 달고 있는 것처럼 조마조마하다. 사고는 언제나 예기치 못한 순간에 다가온다. 폭풍 전야라는 말이 있듯 육아를 하면서 가장 무서운 순간을 꼽으라면 나는 어김없이 '집안이 고요한 순간'이라고 말한다. 불길한 예감은 한 번도 틀린 적이 없다. 고요함이 집안을 지배한 순간 생각지도 못한 일들이 눈앞에서 벌어지고는 한다.

화장실 문을 연 순간 양변기 안에 들어가 첨벙대는 해맑은 아이의 얼굴을 보았을 때, 냉장고 안에 있던 반찬통을 열고 난장판을 피우고 있을 때, 집안 온갖 벽에 색연필 테러를 감행했을 때, 쓰레기 봉지를 뒤집어 쓰고 냄새나는 쓰레기를 순진무구한 표정으로 만지고 있을 때, 화장실 슬리퍼를 얼굴에 정성스럽게 문지르고 있을 때, 이불 곳곳에 똥을 싸놓고 손으로 만지고 있을 때 엄마의 심장은 세차게 요동친다. 아이들은 늘 악마의 미소를 머금고 해맑게 웃고 있다. 무엇을 상상하든 그 이상이다.

나를 잠에서 깨운 건 3호의 호출이었다. 막 동이 트기 시작할 무렵, 아침 햇살이 창문을 비집고 들어와 슬며시 뜬 두 눈을 간지럽히고 있던 참이었다. 세 돌이 지났지만 아직 배변을 가리지 못하는 세쌍둥이는 기저귀를 갈아달라고 매일 아침 나를 깨운다. 똥 냄새가 구수하게 퍼져왔다. 잠이 쏟아져 다시 머리를 베개로 처박고 싶지만 배 위에서 두발로 쿵쿵대는 아이를 결국 못 이기고 자리에서 일어났다. 주변을 둘러보니 1호와 2호, 그리고 첫애는 여전히 꿈나라에 있다.

3호를 씻기니 2호가 눈을 끔뻑이며 막 일어나 있다. 순한 아이는 울지도 않고 장난감을 손에 쥐고 놀이를 시작했다. 동물 모양 퍼즐이다. 한 번 시작하면 한 시간 가까이 집중해서 맞추고 또 맞춘다. 집안은 여전히 고요했다. 아직 30분은 더 자도 될 시간이다. 무표정한 얼굴로 3호에게 기저귀를 채운 뒤 다시 자리에 누웠다.

"으앙… 앙! 앙!"

갑자기 아이의 날카로운 비명소리가 들려왔다. 놀란 마음에 눈을 뜨니 3호가 2호의 얼굴을 물고 있다. 급하게 아이들을 떼어놓았다. 2호의 눈 밑이 순식간에 벌겋게 부어올랐다. 아이의 상처를 보자 화가 났다. 도끼눈을 뜨고 3호에게 사과하라고 했다. 그러나 자존심이 강한 3호는 말을 듣지 않았다. 되레 엄마가 밀다고 소리치며 울음을 터뜨렸다. 2호의 눈가에 눈물이 범벅이다. 2호가 진정될 때까지 한참동안 안아주었다. 지금 엄마가 해줄 수 있는 건 그저 묵묵히 안아주는 것밖에 없다.

오늘은 이걸로 끝이라고 생각했지만 밤의 끝자락에 한바탕 소동이 일어났다. 아이들을 차례로 잠자리에 눕힌 뒤 불을 껐는데, 잘 생각이 없었던 아이들이 불을 끄자 더욱 흥분해 침대에서 방방 뛰었다. 말리려던 찰나 귀찮은 마음이 들어 아이들 소리를 가만히 듣고 있었다. 끝도 없이 에너지가 충전되는 아들 넷 뒤치다꺼리를 하루 종일 하다보면 저절로 방전되는 순간이 온다. 정말 손 하나 까딱 하고 싶지 않은 순간. 그런 순간에는 왁자지껄한 아이들의 소리에 그대로 파묻혀버리고 싶다.

갑자기 퍽 소리가 났다. 비명소리도 들렸다. 들으면 바로 느낌이 온다. 심상치 않은 소리라는 걸. 두 아이가 동시에 같은 방향으로 뛰어내린 것이다. 한 아이는 머리로, 한 아이는 앞니로 부딪혔다. 급한 마음에 불을 켜고 보니 2호의 입에 피가 가득했다. 얼른 거즈 수건을 가져와 지혈해보았다. 앞니가 흔들린다. 심장이 철렁거리며 눈물이 차올랐다. 내 실수다. 왜 아이들을 평소처럼 바로 말리지 않았을까. 왜 잠자리에 누우라고 강하게 이야기하지 않았을까. 차오른 눈물만큼 후회도 차올랐다.

아이의 입에 고인 피를 연신 닦아냈다. 울음을 그치고 진정이 된 2호가 물끄러미 엄마를 바라봤다. 아이의 얼굴은 만신창이다. 눈 아래는 3호의 이빨 자국이 선명하고 입안은 붉은 피로 가득하다. 눈물이 그렁그렁 맺힌 나를 한참동안 바라보더니 고사리 같은 손을 내 볼에 갖다 대며 웃었다. 아이의 손이 따스했다. 눈물이 왈칵 쏟아져 내렸다. 미안해. 시원아. 미안해. 미안해. 아이를 걱정해야 하는 건 엄마인 나인데 도리어 아이가 나를 위로해주고 있는 것 같다. 아이는 나의 손을 꼭 쥔 채 잠이 들었다. 자고 있는 아이 등에 슬며시 얼굴을 대보았다. 숨결이 느껴진다. 미세하게 떨리는 작은 심장도 느껴진다. 아이의 숨결을 한참 동안 느껴본다. 들썩이는 아이의 호흡을 따라 함께 숨을 뱉어본다. 뜨거운 눈물이 흐른다. 평소처럼 말렸다면, 평소처럼 아이들을 재웠다면 이런 일은 없었을 거야. 잠든 아이를 바라보며 죄책감이 차올랐다. 머릿속은 온통 아이가 다치기 전 순간에 멈춰 있다. 악몽 같은 현실이 꿈이기를 바라는 간절한 마음, 벌어진 입술 사이로 한숨이 새어나온다.

나는 늘 아이에 대한 죄책감을 지니고 살았다. 첫애를 출산한 직후부터 아이와 관련된 모든 일들에 스스로를 자책했다. 초유가 잘 나오지 않아 아기에게 황금빛 초유를 먹이지 못한 것도, 아기가 울음을 그치지 않는 것도 엄마로서 부족하기 때문이라고 생각했다. 회사에 복직하자 죄책감은 더욱 커졌다. 아기가 잠을 자지 못해 짜증을 부려도, 입이 짧아 이유식을 먹지 않아도, 또래보다 키가 작아도, 심지어 여름에 모기를 물린 것조차 모두 내 탓 같았다. 세쌍둥이를 출산했을 때도 여전했다. 아이들이 미숙아로 태어나 황달 치료를 받아야 했을 때도, 갑상선 수치가 낮게 나왔을 때도, 빈혈이라 한동안 철분제를 먹여야 했을 때도, 납작하고 삐뚤어진 두상을 발견했을 때도 나는 엄마인 나를 원망했다.

"당신 잘못이 아니야. 자책하지 마. 그저 일어날 만한 일이기에 일어난 것뿐이야. 내일 병원에 가보자. 이미 일은 벌어졌어. 우리가 할 일은 아픈 아이를 잘 돌보는 거야."

눈물을 흘리는 나에게 남편이 한마디를 던졌다. 그는 이성적인 사람이다. 발을 동동 구르며 어쩔 줄 몰라 하는 나와는 달리, 침착하게 해야 할 일을 떠올린다. 나에게 거즈수건과 얼음을 가져오라고 말하고 아이의 상처를 조심스레 살피는가 하면, 아이가 어느 정도 안정을 찾자 치과의사인 친구에게 전화를 걸어 상황을 설명하고 차후 치료과정을 들었다. 그는 쉽게 화내는 법이 없다. 감정에 무너져 아이들에게 소리 지르는 나와 달리 언제나 침착하고 이성적이다. 치아 뿌리에 금이 갔을 수 있고, 최악의 경우 치아가 괴사될 확률이 있다는 심각한 설명에도 여전히 그는 흔들리지 않았다. 차근차근 할 일을 찾아 하는 그를 바라보며 부끄러운 마음이 불쑥 솟아올랐다.

동시에 남편의 말에 가슴 한편을 묵직하게 눌렀던 죄책감이 조금은 가벼워지는 것을 느꼈다. 그랬다. 오늘 일은 내 잘못이 아니었다. 돌이켜보면 단 한 번도 내 잘못인 적이 없었다. 나는 건강한 아이들을 낳았고 미숙했지만 최선을 다해 키웠다. 첫애를 키웠을 때는 넘칠 정도로 사랑을 주었고, 세쌍둥이를 임신했을 때는 온몸이 만신창이가 될 정도로 하루하루 버텼다. 35주 4일, 2.3kg, 2.1kg, 2.63kg. 세쌍둥이 산모가 버틸 수 있는 최대주수였다. 고된 육아를 정신없이 이어가면서도 안전한 환경을 만들기 위해 노력했다. 온 집안에 매트를 깔고, 펜스를 치고, 안전장치를 달고, 올라갈 만한 가구를 모조리 치웠다. 그러나 에너지가 넘치는 아이들의 모든 행동을 통제할 수 없었다. 아니, 누구도 완벽하게 통제할 수는 없다. 사고는 어쩌면 '우연'이 아니라 '필연'일지도 모른다. 언젠가 일어날 수밖에 없는.

멍해진 마음에 초점이 선명하게 떠올랐다. 때로는 감정적인 자책보다 이성적인 행동이 중요하다는 사실. 아이가 아픈 건 절대 엄마의 잘못이 아니다. 죄책감을 내려놓으니 육아가 한결 가볍게 느껴졌다.

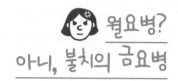

월요병?
아니, 불치의 금요병

째깍째깍, 더디게 흘러가는 시계를 하염없이 올려다보았다. 오늘 저녁에는 무엇을 할까. 사무실에 앉아 있지만 머릿속은 온통 그 생각뿐이다. 확실한 건 이대로 집에 갈 수는 없다는 것. 금요일이기에, 불금이기에. 일찌감치 집에 들어가 부모님과 저녁 밥상을 함께하는 건 왠지 모르게 우울했다. 대학 동창들이 모인 단체 채팅방에 급하게 메시지를 띄워보았다. 한 시간 전 갑작스럽게 파토 난 저녁 약속 때문에 짜증과 조급함이 뒤섞여 괜히 마음이 급해진다.

"오늘 저녁 7시 을지로 번개 가능한 사람?"

다행히 동창 몇몇이 콜을 잡았다. 그제야 조급했던 마음이 누그러지고 입가에 안도의 미소가 번진다. 그렇다고 특별하지도 않은 멤버다. 이제 사회초년생인 우리는 각자의 회사 이야기를 소소하게 떠들고, 언제나 그랬듯 대학교 때 있었던 주옥 같은 에피소드를 되풀이할 것이다. 매번 똑같은 이야기를 하는데도 뭐가 그리 재밌는지. 깔깔깔 배꼽을 잡고 쓰러지다가 걸쭉하게 취기가 오르면 눈물까지 흘릴 것이었다. 당시 내게 금요일 밤은 내일에 대한 걱정 없이 오늘을 즐길 수 있었던, 가장 솔직하고 편안한 밤이었다.

그러나 엄마가 된 후 금요일은 정반대로 다가왔다. 아이들을 어린이집에 보낸 후 시간은 왜 이렇게 빠르게 지나가는지, 특히나 금요일은 일 분 일 초가 더욱 빠르게만 느껴졌다. 시간은 상대적으로 흐른다. 금요일에는 인터스텔라의 어느 행성에 불시착한 것처럼 삶을 빠르게 삼켜버리지만, 주말이 되면 무거운 중력이 시간의 밀도를 촘촘히 채운다. 주말이 다가오면 나도 모르게 예민해진다. 남편은 그런 나를 보며 '금요일 히스테리'란다.

남편은 스케줄 근무를 하기에 주말 근무가 잦다. 여느 가족들처럼 야외로 나들이도 가고 키즈 카페라도 가서 시간을 때우고 싶건만, 남편 없이 아들 넷을 태우고 홀로 운전하기란 쉽지 않다. 고등학교 졸업과 함께 취득한 장롱면허는 초라하기만 하다. 이번 주말도 늘 그랬듯 집을 벗어나지 못할 예정이다.

"가만히 좀 있어! 손 씻을 때 물이 안 튀게 조심하라고!"

아이들의 손을 씻기는데 갑자기 짜증이 뒤섞인 목소리가 튀어나왔다. 아직 세 돌도 되지 않은 아이들은 수도꼭지에서 쪼르르 쏟아지는 물줄기만 보고도 신나서 까르르 웃고 손을 휘이휘이 젓는데, 그중에서도 성격이 급하고 조심성이 부족한 1호는 매번 본능이 앞서는 편이다. 개구쟁이 같은 표정을 짓더니 이내 수도꼭지를 낚아채 싱크대 밖으로 물을 뿌리고 만다. 부엌바닥에 흥건하게 물이 흘러내려 엉망진창이다.

참고 있던 화가 쏟아져 내렸다. 이만한 일로는 화를 내지 않는데, 아이가 물을 뿌린 순간 짜증 섞인 막막함이 순식간에 밀려들었다. 부엌을 겨우 정리하고 거실로 가보니 장난감과 책가지들이 여기저기 널브러져 발 디딜 틈이 없다. 아수라장 같은 집안 꼴에 깊은 한숨이 나온다. 도끼눈을 뜨고 아이들을 바라보지만, 아이들은 뭐가 그리 즐거운지 까르르 웃으며 이쪽저쪽으로 몰려다닌다. 답답한 마음에 창가에 서서 심호흡을 뱉어본다. 창가로 쏟아지는 햇살은 눈물 날 정도로 눈부시다. 따스한 햇볕을 받으며 젊은 커플이 팔짱을 끼고 걷고 있다. 언제쯤 이 감옥 같은 집을 벗어날 수 있을까. 도대체 몇 년을 더 버텨야 될까. 굳게 닫힌 문은 자유를 잃어버린 나의 삶과 닮아있다.

"엄마! 나가! 나가!"

고목나무에 다닥다닥 매달린 매미처럼 아이들이 창문에 일렬로 붙어 창밖을 쳐다보고 있다. 잔뜩 콧바람이 들었는지 아이들은 틈만 나면 밖에 나가자고 성화다. 날씨라도 따뜻하면 유모차를 끌고 산책이라도 가겠지만, 추운 겨울에는 동네 산책조차 쉽지가 않다. 솔직히 얘기하면 세쌍둥이를 한 명씩 외출 준비시키고 집으로 돌아와서 다시 한 명씩 씻기고 내복으로 갈아입히는 일련의 과정은 가성비가 떨어지는 일이다. 고작 한두 시간 외출을 위해 아이들을 씻기고 입히고 집에 와 다시 씻기자니 아예 나가지 않는 것이 평화로울 때가 많다. 밖에 나가자는 아이들이 안쓰럽지만 결국 오늘도 눈을 질끈 감고 안 된다는 대답만 되풀이하고 만다.

얼마 전 언니가 조카의 사진을 한 장 보내주었다. 조카가 얼마 전부터 미술학원을 다니기 시작했다는데, 사진을 보니 앙증맞은 디자인의 앞치마와 두건을 쓰고 벽에 그림을 그리고 있었다. 세쌍둥이보다 한 달 먼저 태어난 조카는 아이들보다 훨씬 말도 빠르고 행동도 성숙하다. 우리 아이들은 이제 겨우 "엄마. 딸기. 좋아."라고 단어를 조합해서 문장을 만드는데, 조카는 "이모는 딸기 좋아하세요?"라고 제법 존댓말까지 쓰면서 복잡한 문장을 구사한다. 조카도 아이들과 수준 차이를 느끼는지 세쌍둥이에게 "누나라고 해야지."하며 깍쟁이처럼 이야기하는데, 가끔씩은 아이들이 너무 느린 건 아닌지 걱정이 밀려든다.

사실, 몇 개월 전 어린이집에서 발달검사를 했는데 아이들의 언어 수준이 평균 이하로 나와 조금 충격을 받았다. 선생님은 세쌍둥이와 산책을 나갔다가 아이가 갑자기 길가로 뛰어나가 위험한 적이 있었다며, 기회가 되면 한 명씩 따로 외출해서 교통지도를 해주라고 권유했다. 아이들과 외출할 때 아찔한 적이 한두 번이 아니다. 집밖의 상쾌한 내음에 아이들은 잔뜩 흥분한 채로 그저 본능대로 뛰어나간다. 아이들이 삼단분리가 되면 온몸이 얼음처럼 굳어버리는데, 가까스로 뛰어가 위험한 순간을 모면한 적이 더러 있었다.

솔직히 부모로서 내 아이가 부족하다는 것을 인정하는 것은 썩 달가운 일은 아니다. 더욱이 첫애는 또래보다 발달도 빨랐고 똘똘한 편이어서, 아이의 발달을 걱정해본 적이 없었다. 오히려 가끔씩 주변에서 아이를 어떻게 키웠냐는 질문을 받고는 했다.

"별다른 게 있나요."

이런 질문을 받을 때마다 겉으로 담담한 표정을 지으면서도 속으로는 꽤 기분이 좋았다. 첫애는 일곱 살까지 외동으로 자랐기에, 퇴근한 저녁이나 주말에 오롯이 아이를 위해 시간을 보냈다. 첫 돌이 되기도 전에 함께 문화센터 강의를 들었고, 유아학습지를 들여 매일 저녁 한글 놀이와 숫자놀이를 해줬다. 물감놀이, 종이접기, 점토 만들기, 그림 그리기 등 틈만 나면 아이와 뭐라도 해주려고 노력했고, 주말이면 산으로 바다로 여행을 다녔다. 아이는 기억을 못 하겠지만, 우리 부부는 아기 띠를 매고 다양한 나라를 여행했다.

그러나 세쌍둥이 육아는 생존에 가까웠다. 하루 종일 아수라장 같은 집에서 나는 끝도 없이 아이들을 먹이고, 재우고, 씻기며 뒤치다꺼리를 해야 했다. 잠시라도 시간이 생기면 소파에 앉아 핸드폰을 보거나 책을 읽었다. 첫애 때처럼 적극적으로 놀이 환경을 만들어줄 여력이 없었다. 그보다 잠시라도 내 시간이 갖고 싶었다. 아이들의 발달이 늦다는 이야기를 전해들은 날, 애써 담담하려 했지만 미안함이 밀려들었다. 과연 첫애를 키울 때의 절반만큼이라도 노력을 기울였던가. 평생의 대부분을 집에서 보낸 아이들에게 세상은 딱 25평만큼의 공간으로 기억될 것이다.

아기는 사물에 손을 뻗고, 입에 넣어보고, 만져보면서 자신이 지각한 것의 실체를 알아간다. 아이들에게 다양한 형태로 움직일 수 있는 기회를 제공하는 것은 신체 발달뿐만 아니라

뇌의 발달, 인지능력과 지각능력의 발달을 촉진할 것이다. 넓은 세상은 위험하다. 그러나 부딪혀야 세상을 배울 수 있다. 개미가 줄지어 가는 흙길, 사람들로 붐비는 거리, 시간에 따라 색깔이 변하는 신호등, 울퉁불퉁하고 높고 낮은 길, 비오는 날 꿈틀대는 지렁이. 흙이 손에 조금 묻어도, 옷이 흠뻑 젖어도, 벌레에게 물려 따가워도, 아이들에게 그날의 기억은 잊을 수 없는 삶의 단면으로 기억될 것이다.

요즘은 주말에 남편이 없어도 아이들과 외출을 한다. 쌍둥이 유모차는 내가 끌고, 1인용 유모차는 첫애가 끈다. 우리는 유모차를 끌고 공원을 산책하거나, 놀이터에 들르기도 한다. 아이들 손을 꼭 쥐고 천천히 신호등을 건너보고 동네 마트에서 물건을 사는 연습도 한다. 아직도 아이들은 갑작스럽게 뛰고 개구쟁이같이 도망가며 심장을 쓸어내리게 하지만, 자라나는 키만큼 마음 나이도 성장하는 것 같다. 준공된 지 20년이 넘은 오래된 아파트에는 커다란 나무, 지하실에 사는 길고양이, 화단의 개미구멍에 이르기까지 다양한 생명체가 서식하고 있다. 아이들의 시선이 아니었다면 미처 발견하지 못했을 작은 삶이다. 굳이 놀이공원에 가지 않아도, 값비싼 키즈 카페에 밀어 넣지 않아도, 아이들은 집을 벗어난 새로운 세계에서 느끼고 호흡하며 세상을 이해하고 있다.

얼마 전부터 운전연습을 다시 시작했다. 아이들을 데리고 조금 더 멀리 여행을 떠나고 싶은 마음에서다. 언젠가 기회가 된다면 아이들과 외국에서 살아보고 싶다. 미세먼지 없는 깨끗한 하늘과 빼곡하게 밤하늘을 수놓은 은하수, 광활한 푸른 바다, 고운 모래의 감촉, 비가 촉촉하게 스며든 흙 내음. 아이들이 자연을 온몸으로 느끼며 성장하면 좋겠다. 햇볕에 새까맣게 그을려도, 맨발로 거친 잔디를 누벼도, 가끔은 허름한 곳에서 잠을 청해도 행복하지 않을까? 아이들에게 더 넓은 세상을 보여주고 함께 부딪히며 살아가고 싶다. 아마 그때는 비로소 금요병에서 벗어나 월요병을 앓게 될 것 같다.

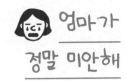

엄마가
정말 미안해

알싸한 알코올 냄새가 집안에 퍼졌다. 술에 취한 아빠는 밥을 차려오라고 말했다. 열일곱의 미간이 찌푸려졌다. 조용히 아빠를 올려다 보았다. 왜 이렇게 화를 내면서 말을 하는 걸까. 아빠의 고압적인 표정을 바라보니 짜증이 밀려왔다. 일요일 오후, 아빠만 없다면 집안은 평화로울 것이다. 그러나 아빠가 들어온 순간 집은 세상에서 제일 불편한 곳이 되어버렸다. TV를 보면 책을 읽으라고 할 것이고, 방에 있으면 코빼기도 보이지 않는다고 호통칠 것이다. 도대체 어느 장단에 맞춰야 하는지, 아빠와 한 공간에 있는 것은 괴롭기만 했다.

"뭘 쳐다만 보고 있는 거냐. 밥 안 차릴 거야?"

아빠가 언성을 높이자 그제야 부엌으로 걸어갔다. 국을 데우고 밥을 한 공기 떴다. 작은 상을 내어놓고 여러 가지 밑반찬을 그릇에 담았다. 집안은 여전히 고요했다. 서늘한 정적을 깬 건 다름 아닌 내 한숨 소리였다. 얼굴에는 아빠를 향한 불편함이 한가득이었다. 의도한 건 아니었다. 반항하려는 생각도 없었다. 그저 무언의 공기가 주는 위압감, 견디기 힘든 중압감에서 터져 나온 실수였다.

상을 내려놓았지만 아빠는 미동이 없었다. 얼음처럼 굳은 얼굴로 멍하니 선 채 불길한 기운을 느꼈다. 오늘 하루가 길 것 같은 예감. 아빠는 나를 무서운 눈으로 노려보더니 빠른 걸음으로 다가와 뺨을 때렸다. 온 세상이 시커멓게 변해버린 충격을 느꼈다. 다리에 힘이 풀려 그대로 바닥에 주저앉았다. 심장은 빠르게 요동쳤고 눈물이 터져 나왔다. 두려웠다.

그날 이후 일주일 동안 아빠를 쳐다보지도 말을 섞지도 않았다. 아빠도 마음이 무거웠을 것이다. 평소에는 다정한 아빠였다. 불경기 때문에 회사 상황이 좋지 않다는 건 알고 있었다. 엄마와 잦은 말다툼을 했고 그때마다 집안은 살얼음판을 걷는 것처럼 불안했다.

"아빠 사업이 요새 안 좋잖아. 그러게 왜 아빠를 건드리니. 아빠한테 사과 편지를 써라."

편지를 쓰기 위해 책상에 앉았다. 눈물이 뺨을 타고 흘러내렸다. 아무리 떠올려도 그날은 내게 잘못이 없었다. 그러나 이

내 호흡을 가다듬고 차분히 진심을 적어 내리기로 결심했다. 솔직하게 마음을 전하면 아빠도 진심을 다해 답변해줄 거라 믿었다.

"그날은 정말 놀랐어요. 무서웠고 두려웠어요. 제가 아빠께 불편한 감정들을 표현해서 죄송해요. 하지만…"

잠들어 있는 아빠의 머리맡에 슬며시 편지를 두었다. 하루, 이틀, 사흘. 시간이 흘렀지만 아빠로부터 답장을 받을 수 없었다. 그날에 대한 짧은 말 한 마디, 구차한 변명조차 들을 수 없었다. 화가 치밀어 올랐다. 아빠에게 뺨을 맞고 주저앉았던 날보다 더 화가 났다. 그저 진심을 듣고 싶었다. 아빠가 사업이 힘들어서, 가끔은 사는 게 힘겨워서, 화가 날 때면 억누를 수 없어서 자신도 모르게 그렇게 해버렸다고, 그러나 너를 미워하지 않는다고, 여전히 사랑한다고, 듣고 싶었다.

20년이 지난 지금 그날의 마음을 열어본다. 아빠에게 뺨을 맞고 주저앉았던 그날의 기억은 잊고 싶어도 잊을 수 없는 강렬한 트라우마가 되어 가슴에 박혀 있다. 아빠에 대한 원망은 시간이 흘러갈수록 서서히 누그러졌다. 거대한 물살이 굽이치는 협곡을 지나 마음의 강은 점점 넓어지며 바다와 만났다. 어느새 나는 삼십대 중반의 아들 넷 엄마가 되었고 아빠도 나이가 들어 흘러버린 시간만큼 쇠약해졌다. 세상에서 가장 넓다고 생각했던 아빠의 어깨가 이제는 가슴 아플 정도로 작아 보였다. 손주들을 다정하게 안아주는 아빠를 바라보며 한 번도 아빠를 꼭 안아주지 못했던 어린 내가, 아빠에게 따뜻한 손을 내밀지 못했던 내가, 후회스럽다.

얼마 전, 아빠는 이런 이야기를 했다.

"시골에서 태어나 중학교 때부터 대학교까지 내 손으로 돈을 벌어 먹고 살았어. 지독한 가난에서 벗어나 오로지 성공하기 위해, 별을 보고 출근해서 달을 보고 퇴근하며 한 평생을 보냈지. 그것이 6.25 전쟁의 잿더미 속에서 살아남아야 했던 우리 세대의 운명이었다. 오로지 일뿐이었지. 세 딸에게 사랑을 베풀 시간조차 없던 힘겨운 삶이었어."

아빠 회사의 부도로 가족이 뿔뿔이 흩어져야 했던 시절이 있었다. 6개월 동안 부모님의 얼굴을 보지 못한 적도 있다. 부모님과 유일하게 연락했던 언니를 따라 어느 호프집에 들어서니 남루한 행색에 등산복을 입고 있는 부모님의 얼굴이 보였다. 수개월 만에 마주한 엄마, 아빠의 얼굴에는 주름이 깊게 패여 있었다. 지난 시간 동안 그들에게 삶이 얼마나 고단했는지를 고스란히 담고 있었다. 한 집안의 가장으로서 그 시기는 인생에서 가장 처절했던 순간으로 기억되었으리라. 힘겹고 포기하고 싶었을 것이다. 그러나 절망의 나락에서 세 딸의 얼굴을 떠올리며 버티고 일어났을 것이다. 그것이 아빠가 세 딸을 사랑하는 방식이었을 것이다.

아빠의 말을 들으며 서른여섯의 나는 그때 아빠가 사과편지를 쓰라고 했던 이유를 깨달았다. 편지를 쓰라는 건, 미안함을 표현하는 데 익숙하지 않았던 아빠가 선택한 화해의 방식이었던 것이다. 그러나 열일곱의 소녀는 아빠의 진심을 깨닫기까지 많은 시간을 보내야 했다. 오랜 시간이 지나 상처에 딱지가 생기고 새 살이 돋아나서야 그 상처를 정면으로 바라볼 수 있었다. 하지만 흉터가 지워지지 않듯이 그 기억은 20년이 지난 지금도 아프다.

세쌍둥이 출산 후, 아들 넷을 키우며 화가 치밀어 오를 때면 나는 통제하지 못하고 매번 분노를 터뜨리곤 했다. 때때로 분노의 강도는 아이가 저지른 잘못의 수위를 넘어섰다. 아이의 행위로 인해 시작된 분노인지, 내 안에 고여 있던 감정들이 분출되는 건지 헷갈릴 정도였다. 분노는 또 다른 분노로 이어졌고 또 다른 분노를 만들기도 했다. 시간이 지나 감정이 겨우 진정되면 나는 항상 아이에게 사과했다. 다시는 이렇게 불같이 화내지 않겠다고 다짐했다.

"엄마, 아까는 정말 속상했어. 엄마 얼굴이 무서웠고 두려웠어. 내 잘못도 있지만 엄마가 그렇게 화내지는 않았으면 좋겠어."

"미안해. 다시는 그렇게 화내지 않을게. 그런데 엄마가 항상 이야기하잖아. 동생들 함부로 대하면 안 된다고. 네가 엄마 말을 듣지 않으니 엄마가 화가 난 거야."

되돌아보니 내가 건넨 사과에는 진심이 담겨 있지 않았다. 그것은 진정한 사과가 아니라 아이의 잘못을 상기시키며 엄마가 화를 낼 수밖에 없었던 과정을 설명한 것에 가까웠다. 부모라는 권위에 어울릴 법한 말들을 늘어놓은 것에 불과했다. 아빠에게 진심어린 사과를 받고 싶었던 나였지만, 나 역시도 아이에게 진심어린 사과를 건네지 못하는 엄마였다. 기억을 더듬어 보면 나는 아빠의 힘든 상황까지 이해할 수 있었던 조숙한 딸이었다. 어쩌면 내 아이도 엄마의 고된 상황마저 이해할 수 있는 조숙함을 지녔을지도 모른다. 아이에게 진정 필요한 건 그 순간 두려웠을 감정에 대한 어루만짐, 그뿐이다.

부모가 되는 길은 부모로서의 권위를 내려놓고 아이를 자신과 동등한 인격체로 바라보는 것으로부터 시작되는 게 아닐까. 똑같이 실수하고 넘어지는 한 인간으로서, 아이의 상처를 온 진심을 다해 안아주고 자신의 허물을 인정하는 부모라면 자신을 바꿀 용기도 지니고 있을 것이다.

"엄마가 정말 미안해. 순간 너무 화가 나서 그랬어. 엄마가 참았어야 했는데 그러지 못했어. 너에게 상처를 줘서 정말 미안해…."

얼마 전, 나는 아이에게 진심을 다해 사과를 건넸다. 아이가 내 얼굴을 물끄러미 바라보더니 한결 가벼운 표정으로 이야기를 건넨다.

"사과해줘서 고마워, 엄마. 엄마가 동생들 키우느라 항상 힘든데 더 도와주지 못해 나도 미안해…."

예상지도 못한 아이의 대답을 들으며 죄책감이 밀려들었다. 아이는 이미 내 생각 이상으로 엄마를 이해할 수 있는 조숙함을 지니고 있었다. 사과를 건네니 내 마음도 조금은 가벼워진 느낌이 들었다.

우리의 첫 번째 진짜 화해였다.

자식은 마음대로 되지 않더라

"또 아들인가요?"

의사는 대답이 없었다. 초음파 화면을 쳐다보는 그녀를 보며 가슴이 타들어가는 것처럼 초조했다. 1호와 3호의 성별을 확인하는 데는 그리 오랜 시간이 걸리지 않았다. 이 정도면 2호의 성별이 이미 나왔어야 하는 시간이다. 혹시 또 아들인 걸까. 설마 아니겠지. 초조한 마음에 나도 모르게 침대 모서리를 손 끝으로 톡톡 두드리고 있었다. 의사가 나지막한 목소리로 물었다.

"첫애가 아들이라고 했죠?"

그녀는 무언가 보았음에 틀림없다. 무언가 보지 않았다면 이렇게 시간을 끌 이유도 없다. 또 아들이구나. 아쉬움이 차올랐다.

사실 아이들의 성별에 크게 연연하지 않으려고 했다. 세쌍둥이를 임신한 후 누군가 성별이 어떻게 되면 좋겠냐고 물을 때면, 성별 상관없이 건강하게 태어났으면 좋겠다는 상투적인 대답을 건네곤 했다. 거짓은 아니었다. 그러나 완벽한 진심도 아니었다. 실은 아주 당연하게 세쌍둥이 중 딸이 하나쯤은 있을 거라고 생각했다. 일란성 두 명에 이란성 한 명이니까, 딸 둘에 아들 하나, 혹은 딸 하나에 아들 둘, 이런 조합을 생각했다. 단 한 번도 아들만 넷이 될 거라는 생각은 해본 적이 없다. 일단 확률적으로 세쌍둥이가 모두 아들일 확률은 낮았다. 그런데 아들 넷이라니. 누군가 뒤통수를 제대로 때리는 느낌이었다.

의미심장한 미소를 건네며 마침내 의사는 고개를 끄덕였다. 이제 막 아들 넷 엄마가 된 나를 처량하게 바라보는 느낌이었다. 성별은 중요하지 않아. 건강한 아이들만 만나면 되는 거야. 씁쓸해진 마음을 다독여보았지만 아쉬움이 밀려들었다. 세 딸 중 둘째로 태어난 나는 딸이 북적대는 집안 분위기가 얼마나 행복한지 잘 알고 있었다. 세 딸은 항상 엄마 옆에 옹기종기 앉아 시도 때도 없이 수다를 떨었고 친구처럼 의지하며 성장했다.

자연스럽게 아빠는 외로운 처지가 되었다. 아빠에게는 소원이 하나 있었는데, 언젠가는 사위나 손자가 때를 밀어주었으면 하는 소박한 바람이었다. 목욕탕에 갈 때마다 세 딸과 아내는 두 시간이 넘도록 냉탕과 열탕을 오가며 서로의 때를 박박 벗겨주었다. 하지만 아빠는 홀로 때를 벗기다 결국 등을 미는 것을 포기하고 목욕탕 평상에 누워 딸들을 기다리고 또 기다렸다. 기다림이 길어질 때면 카운터로 가서 세 딸과 아내에게 빨리 나오라는 방송을 했다.

나에게도 친구처럼 편하고 예쁜 딸이 하나 있었으면 했다. 어릴 적 나와 엄마가 그랬던 것처럼 시답지 않은 이야기를 나눌 수 있는, 함께 재미난 영화를 보고 저녁을 먹을 수 있는, 내가 입지 못하는 과감한 원피스를 입히고 곱게 머리를 묶을 수 있는, 그런 딸이 있었으면 했다. 하지만 삶은 원하는 대로 흘러가지 않았다. 아들만 넷이라니. 자식은 마음대로 되지 않는다는 말이 사무치게 다가왔다. 동시에 삼십여 년 전 힘겹게 세 딸을 마주했을 아빠가 떠올랐다.

"또 딸인가요?"

셋째를 낳았다는 소식을 들은 김사장은 땀으로 범벅이 된 기진맥진한 얼굴로 의사에게 물었다. 이미 그에게는 두 딸이 있었다. 눈에 넣어도 아프지 않은 첫 번째 딸, 첫애 백일이 지났을 무렵 실수로 가진 두 번째 딸. 김 사장은 마지막 아이는 아들이라고 굳건히 믿었다. 그도 그럴 것이 아내가 셋째 태몽으로 시커먼 용이 하늘을 날아다니는 꿈을 꾸었는데, 주변에 물어보니 커다란 용꿈은 아들 태몽이라고 했다. 호랑이띠에 용꿈이라니 이 아이는 아들임이, 그것도 아주 크게 될 놈이 확실했다.

"공주님입니다."

의사의 대답에 김사장은 현기증이 밀려왔다. 딸, 딸, 딸. 세 번 연속 딸만 태어나다니. 아들이 귀했던 시대에 집안의 장손이었던 그는 적지 않은 실망감을 느꼈다. 시골에 사는 부모님은 이번만큼은 아들이 태어나기를 간절히 기도했다고 한다. 부모님을 뵐 면목조차 서지 않았다. 딸이라는 소식을 들은 부모님은 끝내 병원에 오지 않았다. 장손으로서 고개를 들 수가 없었다. 참담했다.

세 딸은 바르게 자랐다. 탈선을 하거나 비행을 하지도 않았다. 오히려 모범생이었다. 공부를 게을리하지 않았고, 심성도 고왔다. 김사장은 언젠가 세 딸을 품에서 떠나보내야 한다는 것을 직감했다. 그런데 딸을 품에서 보낼 그날은 생각보다 빨리 찾아왔다. 이제 대기업에 갓 입사한 둘째 딸이, 아직도 사회 초년생 풋내가 폴폴 흐르는 개구쟁이 둘째 딸이, 어느 날 갑자기 엄마가 되었다는 것이다. 하늘이 무너져 내리는 것 같았다.

도저히 믿을 수 없었다. 내 딸들이 누구보다도 멋지게 성공하길 바랐던 그였다. 하루아침에 자신의 꿈을 포기하고 애 엄마가 되려는 딸 때문에 속상했다. 둘째 딸의 결혼식 날, 김 사장은 눈물을 흘렸다. 고지식하고 보수적인 양반이었다. 절대 눈물과는 어울리지 않는 사람이었다. 그러나 그날 김사장은 사람들의 시선도 의식하지 않고 하염없이 눈물을 흘렸다.

자유분방한 성격이었던 둘째 딸을 철저히 단속하지 못한 게 이번 일의 원인이었다고 판단한 김사장은 큰딸을 자신의 바람대로 적당한 나이에, 괜찮은 혼처에 보내야 되겠다고 생각했다. 큰딸은 어려서부터 자신의 말을 잘 듣는 아이었다. 그래서 큰딸이 스물셋이 되던 해부터 혼처를 알아보고, 선을 보게 했다. 큰딸의 취향은 전혀 고려되지 않았다. 그저 적당한 혼처, 다시 말해 '괜찮은 재력과 직업과 집안'이면 되었다.

큰딸은 김 사장의 반복되는 선 자리에 지쳐갔다. 한때 부모가 원하는 사람을 만나보려고 노력했지만 마음이 움직이지 않았다. 어느덧 서른다섯이 된 큰딸은 한 남자를 데리고 왔다. 이 남자가 아니면 앞으로 결혼을 하지 않겠다는 엄포를 놓았다. 이 남자는 여자보다 열두 살 어린 스물 세 살이었다.

"절대! 절대! 절대! 안 돼!"

둘째 딸이 무릎을 꿇고 임신을 고백했던 그날처럼 김 사장은

고래고래 소리를 질렀다. 그러나 수십 년 동안 부모의 바람대
로만 살았던 큰딸은 결혼만큼은 자기가 결정하고 싶다고 했다.
절대로 물러서지 않았다.

"네가 도대체 뭐가 부족하니."

대학원까지 졸업하고 공공기관에 다니는 딸이었다. 김 사장
은 탄식 섞인 한숨을 거칠게 내쉬었다. 일 년 동안 결혼을 반대
했지만 딸의 고집을 끝내 꺾을 수 없었다.

"네가 원하면 결혼을 해라. 대신 난 결혼식에 안 갈 거다. 그
날 나는 서해바다로 쭈꾸미 낚시 떠난다."

선선한 가을바람이 살랑살랑 불던 시월의 어느 날, 김 사장
은 쭈꾸미 낚시를 떠나지 않았다. 대신 뽀얗게 화장한 얼굴로
큰딸의 결혼식장으로 들어섰다.

"당신이 너무 강압적으로 선을 보게 하고, 사람을 소개하고,
혼처를 얘기해서 그래요. 그리고 반대를 심하게 했어요. 아이
가 질려버린 거라고요. 이번 일은 당신 탓이에요."

김 사장과 아내는 서로 으르렁대면서 두 번째 실패 원인을
분석했다. 너무 몰아붙인 게 문제였다. 연애는 간섭하면 간섭
할수록, 반대하면 반대할수록, 마치 로미오와 줄리엣처럼 더욱
더 애틋해지는 법이었다. 강하게 반대한 것이 둘을 더욱 끈끈
하게 만든 것 같았다. 이제 김 사장에게 남은 딸은 하나였다. 손

을 놓아야 했다.

연애에 무관심한 막내딸은 실은 세 딸 중에 가장 출중한 미모를 지녔다. 고운 외모 때문에 친구들은 김사장의 막내딸을 항상 며느리 삼고 싶다고 했다. 김 사장은 호탕하게 웃으면서도 딸을 주겠다는 대답은 절대 하지 않았다. 예쁜 막내딸만이라도 자신의 마음에 쏙 드는 혼처에 보내고 싶었다.

막내딸은 그럭저럭 공부도 잘했지만 욕심이 없었다. 경쟁을 싫어했고 평화를 사랑했다. 대기업에는 지원조차 하지 않았다. 거대한 경쟁 행렬에 들어가고 싶지 않다는 이유였다. 막내딸이 선택한 회사는 박봉의 사회적 기업으로, 노숙자를 위한 미곡 사업을 하는 곳이었다. 많이 벌지 못하더라도 누군가를 위해 보람된 일을 하는 것이 행복하다고 믿는 소박한 아이였다. 마음이 예쁜 아이는 자신의 짝도 마음의 눈으로 골랐다. 외모도, 집안도, 그 어떤 것도 필요하지 않았다.

"결혼을 허락해주세요."

막내딸이 데리고 온 남자는 회사에서 일하다가 만난 동료였다. 전라남도 해남의 자활센터에서 근무하는 사람이었다. 막내딸을 대한민국의 땅끝으로 보내야 한다니. 이번에는 김사장의 아내가 펄펄 뛰었다.

"절대. 절대. 절대. 안 돼…"

김 사장은 둘째 딸이 아기를 가졌다는 청천벽력 같은 고백을 들었던 그날처럼, 큰딸이 열두 살 연하의 남자를 데려왔던 그날처럼, 목청껏 소리를 질렀다. 부질없는 외침이었다.

"저는 이 사람과 시골에서 조용히 살고 싶어요. 어려서부터 경쟁이 싫었어요. 시끄러운 도시가 싫었다고요. 내가 먹을 음식을 살 돈이 있고, 내가 살 온전한 집이 있다면, 그걸로 저는 충분해요. 제 선택을 존중해주세요."

6개월 후, 김 사장은 돌연히 막내딸의 손을 들어주었다. 허락보다는 체념에 가까웠다.

눈에 넣어도 아프지 않을 세 딸이었다. 남부럽지 않게 키웠다고 자신했고 표현 못했지만 밖에만 나가면 푼수같이 딸 자랑을 늘어놓는 딸 바보였다. 그러나 자식은 마음대로 되는 게 아니었다.

시간이 흘러 결혼 10년차가 된 둘째 딸은 아들 넷 엄마가 되었고, 결혼 4년차가 된 큰딸은 두 아이의 엄마가 되어서도 공공기관의 어엿한 팀장 자리에 올랐으며, 결혼 1년차가 된 막내딸도 얼마 전 엄마가 되었다. 세 딸은 김 사장이 이루었던 것처럼 다복한 가정을 이루며 행복하게 살고 있다. 각자 나름의 평범함을 찾아가며 그렇게 자신만의 행복을 만들어가고 있다.

"지들끼리 좋다는데 어쩌겠어. 자식 이기는 부모 없어. 지금 와서 보면 그때 왜 그렇게 반대했는지. 서로 싸우지 않고 행복하게 사는 게 어디야."

세 딸을 모두 출가시킨 김사장과 아내는 십여 평의 작은 평수로 집을 옮겼다. 적적하다는 이유였다. 그런데 이 작은 집에서도 공허함은 늙어가는 부부에게 종종 찾아온다. 그럴 때면 세 딸과 왁자지껄했던 날들이 바로 어제처럼 선명히 떠오른다. 뜨겁게 타오르는 눈시울과 함께.

아들 넷 엄마가 되어보니 이제야 아빠가 이해된다. 자식은 마음대로 되지 않더라.

엄마와 나, 우리의 애증관계에 대하여

엄마에게 나는 가장 힘든 자식이라고 했다. 과거에도, 지금도 가장 힘든 자식이라고, 어릴 때부터 유난스러웠다고 했다. 세 딸 중 제일 욕심이 많고 툭 하면 울어버리는 바람에 엄마 속을 꽤나 썩였다고 했다. 고집도 보통이 아니었다. 한 번 아니라고 생각하면 상대가 어른이든 아이든 가리지 않고 끝까지 고집을 꺾지 않았다.

아홉 살 때 집 앞 떡볶이 가게 아줌마와 싸운 기억이 있다. 나는 아줌마네 딸과 우연히 다투게 되었고, 아줌마는 딸 편을 들면서 나를 나무랐다. 어린 나이였지만 그녀의 행동이 부당하다고 느낀 나는 독기 어린 눈으로 아줌마를 노려보았고, 아줌마는 어른을 이기려 한다며 나의 머리를 쥐어박았다. 보통 아이라면 이 상황에서 울어버리겠지만 나는 더욱 독기 어린 눈으로 아줌마의 팔을 물고 놔주지 않았다. 결국 사람들이 모여들고 경찰이 오고 나서야 일은 마무리되었다. 아직도 눈물을 뚝뚝 흘리며 거실에서 무릎을 꿇고 손을 들고 있던 어린 내가 선명히 기억난다. 엄마 손에 이끌려 다시 아줌마 앞에 섰지만 나는 입을 뾰로통하게 내밀고 이렇게 이야기했다.

"저는 잘못이 없어요."

그랬다. 나는 엄마의 표현대로 유난스러운 아이였다.

"제일 돈도 많이 들고 힘도 들었지. 얼마나 애를 먹였는지."

엄마에게 나는 여전히 가장 힘든 자식이다. 가족을 위해서라면 희생도 기꺼이 감수했던 언니와 무던하게 착해빠진 막내 사이에서 나는 가장 힘들고 손이 가는 자식이다. 시어머니에게 육아를 전적으로 맡기는 워킹맘 언니와 지방으로 내려가 조용히 육아를 시작한 동생 모두 엄마에게는 절대 손을 벌리지 않았다. 아들 넷을 줄줄이 낳고 아쉬운 소리를 뱉는 건 나밖에 없었다. 힘든 자식이라는 말, 평생 들어왔지만 여전히 아프다. 마치 오늘 처음 들은 것처럼 비수가 되어 가슴을 파고든다.

"나도 남들처럼 보편적인 엄마를 원해. 딸을 위하는, 그런 친정엄마."

나는 엄마에게 쓴소리를 하는 유일한 딸이기도 했다. 엄마의 말이 내 가슴에 생채기를 냈듯 나도 지지 않고 똑같이 생채기를 돌려주었다. 마치 평행선 같았다. 절대 좁혀지지 않는 평행선. 서로에게 한 치의 양보도 없었다.

아들 넷 엄마가 되고 나서 엄마에 대한 애증은 더욱 커졌다. 지금이 최선이라며 선을 긋는 엄마의 모습이 서운했다. 엄마에게 내가 가장 힘든 자식이라는 걸 알기에 아이들을 키우며 손을 벌리지 않으려고 했지만, 남편의 불규칙한 스케줄 때문에 한 달에 한두 번은 도움이 필요한 상황이 생겼다. 그때마다 하는 수 없이 엄마에게 연락을 했다. 나의 연락이 엄마의 선입견을 더욱 견고하게 만들 것이란 걸 알았지만 어쩔 수 없었다.

"또 아영이 전화야. 이번 주에 오라고… 휴우….

엄마가 이모에게 내 이야기를 하는 것을 우연히 들은 적이 있다. 세쌍둥이가 어릴 때였다. 엄마는 내가 전화를 끊었다고 생각하고 옆에 있는 이모에게 말을 한 건데, 짜증이 섞인 엄마의 말을 들으며 뜨거운 것이 울컥하고 목에 메여 한참을 울었다. 엄마도 힘든 삶을 살고 있는 건 분명했다. 아직도 일을 했고 집안 제사를 도맡았으며 아픈 할머니 병간호를 이모와 교대로 하던 상황이었다. 엄마는 평생 당신의 삶이 힘들었다고 습관처럼 이야기했다. 할머니가 돌아가시자 이제 남은 생은 오로지 당신만을 위해 즐기고 싶다고 했다. 엄마가 이해되지 않은 것은 아니었다. 그러나 아들 넷을 키우면서 한 달에 한두 번 손을 벌리는 게 그렇게 힘든 일인지 속상했다.

세쌍둥이가 130일 경이 될 때부터 아들 넷 독박 육아를 시작했다. 억척스럽게 육아를 했다. 가슴에 무언가가 쌓이고 쌓여 문드러지고 썩어가고 있다는 것조차 살피지 못한 채 견디고 또 견뎠다. 엄마가 지금이 최선이라고 이야기한 것처럼 나도 최선을 다하며 정말 불가피한 경우에만 손을 벌리기 위해 노력했다. 그러나 여전히 돌아오는 '힘든 자식'이라는 말, 아무리 노력해도 나는 엄마에게 힘든 자식이었다.

결국 나는 엄마에게 아주 작은 일로도 손을 벌리지 않기로 다짐했다. 한 달에 한두 번 엄마를 부르게 한 첫애의 학원 스케줄을 큰마음 먹고 바꿨다. 그리고는 엄마에게 이제는 절대 손을 벌리지 않겠다고, 남은 생은 엄마 바람대로 즐기며 사시라고, 떨리는 목소리로 전했다.

"너만 생각하면 미안해. 그런데 요즘은 정말 걱정도 없고 행복해."

지난 어버이날 엄마, 아빠에게 점심을 사드렸다. 꽃처럼 활짝 핀 엄마 얼굴은 편안해 보였다. 엄마는 지난주에 다녀온 중국 여행 이야기를 하며, 다음 주에는 남해 여행을 떠난다며 들뜬 얼굴로 속삭였다. 엄마를 바라보며 쓸쓸한 미소가 지어졌다. 동시에 엄마에게 쓸쓸한 미소밖에 건넬 수밖에 없는 자신이 밉기도 했다.

"엄마도 할머니에게 손을 벌렸잖아. 엄마는 되고 왜 나는 안 되는데."

아주 오래 전 엄마에게 원망 섞인 이야기를 한 적이 있다. 엄마가 세 딸을 키우며 할머니에게 손을 벌렸듯, 내가 엄마에게 손을 벌리는 것을 이해해주기를 바라는 마음이었다. 맞벌이였던 엄마는 세 딸을 외할머니 댁에 자주 맡겼다. 방학 내내 어린 나와 동생을 외가에 보내기도 했다. 할머니는 언제나 딸을 위하는 헌신적인 엄마였다. 나에게 엄마는 그렇지 않다는 것, 내 엄마는 보편적이지 않다는 사실이 서글펐다.

그러나 '보편'이라는 단어조차 이기적이었던 것 같다. 나 또한 엄마이기 전에 나를 찾고 싶은 사람이 아니었던가. 무엇보다 내 인생이 중요하고 아직도 나로서 살고 싶어하지 않았던가. 나는 엄마이기 전에 내 인생을 찾고 싶지만 나의 엄마는 헌신적으로 나를 바라보았으면 하는 마음. 생각을 거듭하며 내 안의 커다란 모순을 깨달았다.

아무것도 하지 않아도 짜증 섞인 투정에도 어김없이 차려지는 당연하게 생각되는 그런 상.

받아도 감사하다는 말 한마디 안 해도 되는 그런 상.

그때는 왜 몰랐을까? 그때는 왜 못 보았을까? 그 상을 내시던 주름진 엄마의 손을.

그동안 숨겨놨던 말 이제는 받지 못할 상 앞에 앉아 홀로 되뇌어 봅니다.

엄마, 사랑해요. 엄마, 고마웠어요. 엄마, 편히 쉬세요.

이제 제가 엄마에게 상을 차려 드릴게요. 엄마가 좋아했던 반찬들로만 한가득 담을게요.

아직도 그리운 엄마의 밥상, 이제 다시 못 받을 세상에서 가장 받고 싶은 엄마 얼굴.

　

　얼마 전 우연히 한 초등학생이 지은 시를 읽었다. 암으로 돌아가신 엄마가 차려주신 밥상을 기억하며 지은 시였다. 읽는 내내 눈물이 멈추지 않았다. 가슴팍이 요동칠 정도로 한참을 흐느꼈다. 불현듯 엄마와 함께한 수많은 시간이 떠올랐다. 엄마는 누구보다 나를 진심으로 걱정하고 사랑했다. 비록 내가 원하던 깊이나 모습이 아니더라도, 그것은 사랑이었다. 그동안 나는 엄마의 사랑을 당연하게 여겼던 것 같다. 한 인간으로서의 엄마를 마치 내 것처럼 소유하려 했다. 그러나 우리에게 주어진 시간이 유일할 거라고는 한 번도 생각하지 못했다. 시를 읽으며 '엄마가 없는 삶'이 언젠가 나에게도 다가오리라는 생각이 머리를 스쳤다. 엄마를 사랑했던 만큼, 엄마를 미워했던 만큼, 그 누구보다 아파할 것이라는 걸 깨달았다.

　사랑한다. 미워한다. 사랑한다. 미워한다. 사랑한다…. 오늘도 엄마에 대한 복합적인 감정을 되뇌어본다. 그리고 깨닫는다. 아들 넷 엄마가 되어서도 나는 아직 한참을 더 여물어야 할 어리석은 인간임을. 사랑한다. 미워한다. 사랑한다. 미워한다. 사랑한다. 누구보다 사랑했기에 미워했고 누구보다 미워하면서도 사랑했다. 그러나 나는 안다. 뫼비우스의 띠처럼 반복되는 감정의 굴레 저 끝에는 결국 사랑만이 남게 되리란 것을.

3부

내가 이렇게 하찮은 사람이라니

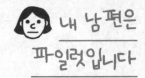

내 남편은
파일럿입니다

스물여섯, 부산행 기차에서 한 남자를 만났다. 설렘에 잠을 이룰 수 없었다. 마음 속 밑바닥부터 솜털이 촘촘히 일어서는 것 같은 떨림은 아주 오랜만이었다. 그와 데이트를 하기로 했다. 무엇을 입고 나갈까. 이것저것 아껴두었던 옷들을 꺼내 입고 거울 앞에서 비춰보기를 반복했다. 이 사람을 사랑할 것만 같았다. 아니, 그를 기차에서 본 그날 이미 사랑에 빠져버렸다. 고심 끝에 고른 화사한 옷을 입고 평소에는 하지 않는 여성스러운 화장을 했다. 그리고 약속 장소인 동래역으로 향했다.

노란색 동래역사 앞에 서니 심장이 세차게 요동쳤다. 그는 기차에서 보았던 그 모습 그대로였다. 거기다 우리는 제법 말이 잘 통했다. 사랑, 인생, 미래. 첫 데이트치고 많은 이야기를 나누었다. 이렇게 짧은 시간에 한 사람에게 푹 빠진 건 처음이었다.

그를 마주한 순간 마치 전원 플러그가 정확히 콘센트에 꽂히듯 온몸에 사랑이라는 전류가 흘렀고 잠자고 있던 세포가 알알이 깨어났다. 내 젊음은 그를 만나 황홀하게 빛나고 있었다.

"공군이라고요? 그럼 정확히 어떤 일을 하세요?"

광안대교가 한눈에 보이는 어느 횟집에 앉아 우리는 소주잔을 기울였다. 소주를 마시지 못한다고 내숭을 떨까, 순간 주저했지만 역시나 나는 털털한 게 매력인 사람이었다. 결국 그에게 소맥으로 말아달라고 해버렸으니. 첫 만남이었지만 미래에 대한 우리의 이야기는 꽤나 진지하게 흘러갔다.

"지금은 공군장교로 관제탑에서 근무하고 있어요. 하지만 저는 꿈이 있어요. 언젠가 다시 하늘을 날 거예요. 파일럿이 될 거예요, 꼭."

꿈이라는 단어를 누군가의 입을 통해 들어보긴 처음이었던 것 같다. 더군다나 입사하고 나서는 일에 치여 꿈이라는 단어를 언제부턴가 잊고 살았다. 그의 눈동자는 맑고 깊었으며 미래에 대한 결연한 의지가 담겨 있었다. 그가 꿈을 이룰 것인가 여부는 나에게 중요하지 않았다. 꿈이 있는 남자. 꿈을 이루기 위해 하루를 헛되이 살지 않을 남자. 그것 하나면 충분했다.

"여보, 미안해. 이번에 제대를 결정했어. 다음 달 미국으로 갈 거야. 같이 못 가서 미안해. 그렇지만 꿈을 꼭 이룰게."

공군대위라는 직업은 생각보다 괜찮은 직업이었다. 안정적
이었고 보수도 적당했으며 복지도 좋았다. 그러나 그는 꿈을
위해 사회에 나왔다. 그러고는 퇴직금을 털어 미국에 있는 한
비행학교로 유학을 떠났다. 첫애가 갓 세 돌을 넘긴 시점이었
다. 나는 한국에 남아 아이를 키우며 회사를 다녀야 했다.

"미안해. 이번에도 낙방이야. 조금만 더 기다려줘."

미국에서 일 년을 보내고 또 다시 몇 개월을 국내 비행학교
에서 교관으로 근무했지만 취업은 쉽지 않았다. 비행 면장만
따면 취업이 일사천리로 진행될 줄 알았던 기대는 오산이었다.
TV에서 국내 조종사의 중국 항공사 이직 기사가 심심치 않게
보도되었지만 비행 경력이 수천 시간 이상 되는 기장의 경우
였고 신입 부기장의 취업문은 좁았다. 시험에서 낙방할 때마다
그는 미안하다는 말을 건넸지만 단 한 번도 재촉하지 않았다.
언젠가 될 것이라는 믿음이 있었고 그가 어떤 길을 가든 그저
묵묵히 지지해주고 싶었다. 결국 그는 꿈을 이뤘다. 첫애가 일
곱 살이 되고 세쌍둥이를 출산하던 해가 되어서야 드디어 파일
럿이 되었다.

"여보, 내 꿈의 최종 목적지는 대학교야. 언젠가는 후배들을
양성하기 위해 강단에 서고 싶어."

파일럿이라는 꿈을 이루고 나서도 그의 꿈은 여전히 진행 중이다. 그의 꿈은 그리 허황되어 보이지 않는다. 지금 그는 국내 최고 항공사의 부기장이 되었고 가끔씩 후배들을 위해 교육봉사를 한다. 그에게 꿈이란 울퉁불퉁 흙길이 아닌, 마음만 먹으면 어디든 향할 수 있는 아스팔트가 깔린 고속도로다. 나는 그와 함께 걸어왔다. 그가 묵묵히 흙길을 지나 오솔길을 건너 골목길에 들어서기까지 모든 여정을 곁에서 지켜보았고 그가 넘어지면 보듬어주고 일으켜 주었다. 지난 여정은 그의 길뿐만 아니라 나의 길이기도 했다. 우리는 함께 울고 웃고 아프고 사랑하면서 오랜 여정을 견뎠다. 그래서 고생 끝에 고속도로에 다다른 그의 성공이 내 일처럼 기쁘고 감사했다.

"자기는 정말 남편 잘 만났다. 파일럿이잖아. 아이들 크면 여유롭게 놀러 다니면 되겠다. 부럽다, 진짜."

주변에서는 부러운 시선을 보냈다. 누군가와 이야기를 나눌 때면 상대방은 남편에 대해 묻곤 했다. 하긴, 나의 오늘은 어제와 별반 다르지 않은 쳇바퀴 같은 굴레의 연속이기에 내 근황은 어느 순간부터 아이와 남편의 근황으로 대체되어 버렸다. 그런데 나에 대해서 할 말이 없어졌다는 게 슬펐다. 왠지 모를 공허함이 느껴졌다. 고된 여정을 너와 내가 함께 걸어왔지만,

그가 눈부시게 성장할 동안 나의 존재는 점점 희미해지고 알아볼 수 없을 정도로 옅어졌다.

학창시절, 장래희망이 무엇인지 발표하는 시간이 있었다. 선생님이 꿈을 적어내라고 할 때마다 몇몇 아이들은 현모양처라고 답했다. 나는 자신의 꿈이 현모양처라고 이야기하는 아이들이 의아했다. 현모양처가 어떻게 꿈이 될 수 있을까? 꿈이란 자고로 자신이 중심이 되어야 하는데, '어진 어머니이자 착한 아내'라는 현모양처의 사전적 의미에는 어디에도 '나'라는 존재는 없는 것 같았다.

그런데 아들 넷 엄마가 되고, 다시 꿈을 찾기 위해 애쓰던 어느 날, 문득 생각해보았다. 내 꿈이 현모양처였다면 아이들을 키우는 현재의 삶에 만족할 수 있었을까? 누군가의 말처럼 지금 내 삶은 남편이라는 그늘 아래서 뜨거운 태양 볕을 피해 선선한 바람을 쐴 수 있는 안정된 삶으로 보일 수도 있겠다. 좋은 엄마, 좋은 아내로서의 삶도 충분한 가치가 있음은 분명하다. 아이를 건강하고 지혜롭게 키우고, 사랑이 깃든 안정된 가정을 만들고, 더불어 내실 있게 살림하는 것. 결코 쉽지 않고, 중요한 삶이다.

그러나 나는 엄마라는 자리에만 만족하며 살 수 없는 사람이었다. 어쩔 때는 그 사실이 우울하고 답답할 정도로 지치게 만들었다. 하지만 그것이 나라는 사람이었다. 어느 순간부터 누군가의 엄마, 누군가의 아내, 누군가의 며느리 등 나를 둘러싼 역할이 삶의 전부가 되었다. 본질은 '나'라는 사람이고 나에게 엄마, 아내, 며느리라는 역할이 주어진 것이지만, 어느새 '나'라는 존재는 사라지고 그 자리에 역할만 남았다.

아이들이 잠든 밤, 컴컴한 방안에 홀로 앉아 나는 서럽게 울곤 했다. 이제 더 이상 내 이름으로 살 수 없을 것만 같은 상실감에 서글펐다. 앞으로 어떤 삶을 살아야 할지 도무지 떠오르지 않았다. 막막했다. 빽빽한 가시나무 숲에 덩그러니 떨어진 기분이었다.

'남들은 잘하고 있는데 왜 나만 힘들까.'

'엄마 자리는 왜 나에게만 버겁게 느껴질까.'

그러나 나만 힘든 게 아니었다. 이 시대를 살아가는 많은 여성들이 비슷한 어려움을 겪고 있었다. 인구보건복지협회가 2018년도에 발표한 저출산 인식 설문조사 결과에 따르면 여성 10명 중 3명이 산후우울증으로 자살 충동을 경험한다고 한다. 보건소에서 산후우울증 검사를 받은 산모 수는 매년 급격히 늘어나는 추세로, 고위험군 산모는 2015년부터 2017년까지 2년 동안 2.6배나 증가했다.

이 직업은 일주일에 135시간 이상 일해야 하고, 밤낮으로 대기해야 합니다. 34kg까지 들 수 있어야 하며 잠을 거의 못 잘 때도 있습니다. 주말이나 크리스마스에는 일이 더 늘어납니다. 경력도 인정받을 수 없습니다.

몇 년 전 해외에서 이런 광고가 인기를 끌었다. 직무 설명을 들은 지원자들이 도대체 세상에 이런 직업이 어디 있냐고 묻자 '그것은 바로 엄마'라고 대답한다. 미국 엄마라고, 프랑스 엄마라고, 캐나다 엄마라고 다르지 않은 것이다. 지금 이 순간에도 전 세계의 수많은 엄마들이 좌절감을 느끼며 끊임없이 자신의 존재를 확인하기 위해 노력한다. 어쩌면 지금 내가 겪고 있는 방황도 여성이 엄마가 되어 겪는 필연적인 과정인 것이다. 나의 감정이 남과 다르지 않음을 확인할 때 인간은 미묘한 안도감을 느낀다. 나의 불안과 상실, 공허, 좌절은 다른 게 아니었다.

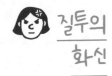

질투의
화신

단 한 번도 남편의 핸드폰을 몰래 본 적이 없었다. 우리는 서로의 비밀번호 패턴을 몰랐다. 알 필요도 없고 볼 필요도 없는 것이기에 이런 일로 신경전을 벌일 필요는 없었다. 우리에게는 서로를 향한 두터운 신뢰가 있다고 믿었다. 그러나 영원할 줄 알았던 그를 향한 믿음은 바람에 나부끼는 얇디얇은 종이만큼이나 가벼웠다. 이상했다. 어느 순간부터 그의 사생활이 신경 쓰이기 시작했다.

"여보, 비행 가면 현지에서 승무원들이랑 다 같이 회식한다고 하던데, 맞아? 여보도 한 적 있어? 현지에서 보통 뭐하면서 시간 보내?"

이런 질문에 매번 건성으로 대답하는 남편이 못마땅해 아예 작정하고 인터넷에서 비슷한 종류의 글을 읽어보기도 했다. 가끔씩 뉴스에서는 파일럿과 승무원 사이에서 발생한 성희롱, 성폭행 사건들이 보도되었다. 이상하게 불안했다.

"배에 힘 좀 주고 다녀. 배에 긴장을 해야 뱃살이 빠지지. 으이구."

흐물흐물 출렁이는 내 뱃살을 보며 남편은 늘 같은 소리를 내뱉었다. 내가 보아도 뱃살은 심각한 수준이었다. 세쌍둥이를 임신하면서 기하급수적으로 팽창했던 배는 쪼그라든 풍선처럼 힘없이 축 늘어졌고 배와 허벅지, 엉덩이를 중심으로 꽃처럼 하얗게 활짝 핀 튼살이 세쌍둥이 임신의 흔적을 훈장처럼 몸에 새겨 주었다. 내 몸을 정면으로 바라보기가 힘들었다. 가끔씩 길거리를 걷다가 커다란 유리에 반사되어 비친 남루한 몸뚱이를 마주할 때마다 커다란 좌절감을 느꼈다. 거울에 비친 내 몸을 인정하고 싶지 않아 고개를 돌렸다.

한때 허리만큼은 자신 있었다. 개미처럼 잘록하진 않아도 귀여운 똥배를 달고 있는, 나름 봐줄 만한 허리라고 생각했다. 첫애를 출산하고도 완전 모유 수유를 한 덕인지 예전의 몸을 쉽게 찾았다. 그러나 세쌍둥이를 임신하며 폭발할 것처럼 팽창한 배는 출산 후에도 쉽게 돌아오지 않았다.

아들 넷을 독박 육아하는 것은 가히 상상할 수 없는 체력을 요구했기에, 잠시나마 육아로 살이 빠질 수 있을 거라는 순진한 기대를 품었다. 그러나 육아는 운동이 아니라 혹독한 노동이었다. 오히려 불규칙한 식사패턴은 몸을 더욱 망가뜨렸다. 매일같이 좁은 집구석에 틀어박혀 육아노동을 하고 제대로 된 한 끼를 넘길 시간도 없이 이것저것 집어삼켰다. 차가운 것, 따뜻한 것 가릴 새도 없이 목구멍으로 밀어 넣었다. 이상하게도 포만감이 느껴지지 않았다. 쉴 새 없이 목구멍으로 음식을 밀어 넣기를 반복했다. 그러나 여전히 채워지지 않았다. 처음에는 세쌍둥이 임신 때문에 비정상적으로 늘어난 위 때문이라고 생각했다. 그러나 이유는 따로 있었다. 채워지지 않는 허전함, 바로 공허함이었다.

커다란 쓰레기봉지를 들고 현관문을 나섰다. 하루 중 유일하게 바깥 공기를 마실 수 있는 시간이었다. 햇살이 온몸에 천천히 내려앉았다. 커다란 유리문에 비친 나의 모습이 적나라했다. 기름이 좔좔 흐르는 떡진 앞머리와 머슴처럼 하나로 묶은 긴 머리, 목이 늘어나고 아이들의 침이 묻은 얼룩덜룩한 티셔츠, 불룩 튀어나온 뱃살, 듬성듬성 다리털까지. 나의 몰골은 처참했다. 어쩌면 이 몰골을 참아준 남편이 대단했다. 상상이 되었다. 푹 퍼진 아줌마와 있다가 회사에 출근해 화사하고 늘씬한 스튜어디스들에게 둘러싸여 회의를 하고 있는 남편의 얼굴이. 내 앞에서는 절대 볼 수 없었던 활짝 핀 그의 미소가 머릿속에 그려졌다. 남편은 어떤 기분일까. 어떻게 행동할까. 그의 표정과 행동이 상상되었다. 실로 비참한 상상이었다.

돌아누워 있는 그의 몸에서 술 냄새가 진동한다. 회식이라고만 이야기했지 누구를 만났는지는 묻지 않았다. 남편의 핸드폰이 쉴 새 없이 울려댄다. 아마도 오늘 약속이었던 무리의 단톡방일 터. 남편은 미동도 없이 누워 있다. 슬며시 핸드폰으로 손을 뻗었다가 웅크리고, 다시 손가락을 뻗어 핸드폰을 잡아 본다. 나답지 않은 행동이다. 그러나 지금 이 순간 그의 핸드폰을 들여다보고 싶다. 무언가 있을 것만 같다.

"기장님, 생일 축하드려요! 좋은 하루 보내세요!"

사진첩에 초콜렛 사진이 한 장 있다. 초콜렛 앞에 붙은 작은 쪽지를 간직하려는 듯 남편은 사진을 찍어 보관하고 있었다. 누가 남편에게 초콜렛을 선물한 걸까. 애까지 딸린 유부남에게.

초콜렛 사진에서 풋풋함이 느껴진다. 이제는 그와 나 사이에서는 절대 찾아볼 수 없는 풋풋함이란 녀석이 존재감을 뿜어내고 있다. 사진을 보며 연애 시절 그를 위해 손수 만들었던 초콜릿이 떠오른다. 초콜릿을 만들었던 기억도, 그에게 건넸던 떨림도, 그가 한 입 베어 물었던 순간도, 모든 것이 눈앞에 그려지

듯 생생하다. 설레던 기억이다. 우리는 사랑하고 있었다. 그러나 뜨거웠던 우리의 사랑은 어느새 소박한 뚝배기에 담겨 아주 천천히 뭉근하게 익어가고 있다. 언제부터인지는 모르겠지만 이제 우리에게 사랑이라는 단어는 사랑, 신뢰, 우정, 울타리를 의미하는 복합적인 단어가 되었다. 그러나 이것도 사랑이었다. 흘러가는 시간의 뒤에 서서히 패여가는 눈가의 주름처럼 꽤나 자연스럽게 삶에 녹아들었다.

그런데 왠지 모르게 가슴 한편이 헛헛해진다. 뜨거운 눈물이 천천히 뺨을 타고 내려온다.

"여보, 이 사진 뭐야? 응? 뭐냐고! 당장 대답해!"

남편이 고개를 휙 돌리더니 슬며시 눈을 떠 핸드폰 화면을 바라본다. 잠시 미간을 찡그리더니 대수롭지 않은 듯 다시 고개를 처박는다.

"난 또 뭐라고. 별일도 아닌 것 갖고는. 회사에서 생일인 직원에게 그냥 주는 거야. 내가 왜 설명해야 하는 건데? 그만 좀 해."

아무 말도 없이 자는 그의 모습을 물끄러미 바라보다 이내 거실로 나와 냉장고에서 비엔나 소세지와 소주 한 병을 꺼내들고 자리를 잡는다. 도대체 언제 먹었는지 기억조차 나지 않는 소주의 맛은 무척이나 쓰다. 쓴 소주만큼 가슴도 쓰리다.

눈물이 멈추지 않는다. 태연하게 자고 있는 남편, 그리고 한 장의 사진에 무너져버린 나. 이 모든 게 비참하다. 그에게는 설명할 가치조차 없는 가벼운 일에 언제까지 나를 소모시켜야 하는가. 오랜 시간 함께했던 남편에 대한 굳건한 믿음은 한 장의 종잇장처럼 위태로운 것이었던가. 도대체 무엇이 나를 이토록 비참하게 만들었단 말인가. 멈추지 않는 공허함은 어디서 온 걸까. 머릿속이 복잡해진다. 그러나 잔을 채워갈 때마다 짙은 안개에 가려져 있던 정답이 선명하게 드러났다. 어느 날 갑자기 활활 타올랐던 질투심도, 가슴 한편이 뻥 뚫린 것 같던 공허함도, 모두 바닥난 나의 자존감에서 비롯했다는 것을. 그리고 이 처절한 감정싸움을 끝낼 수 있는 사람은 그 누구도 아닌 나 자신이라는 것을.

엄마가 되기 전 나는 나를 사랑하며 살았다. 평범한 얼굴이지만 못났다고 생각해본 적은 없다. 남들보다 조금 키가 작아도, 조금 예쁘지 않아도, 조금 살이 쪄도, 있는 그대로의 내가 좋았다. 아침에 일어나 부스스한 머리를 한 거울 속 나에게, 통통한 얼굴을 하고 있는 나에게, 취업 낙방의 고배를 마시고 눈이 퉁퉁 부어 있는 나에게, 나는 습관처럼 미소를 지었다. 그리고 위로와 격려를 보냈다.

'너는 충분히 가치 있는 존재야. 오늘도 잘해보자.'

나는 나를 존중하고 사랑했다. 스스로를 가치 있는 존재라고 생각했고 나에게는 노력한 만큼 삶에서 성취를 이끌 수 있는 능력이 있다고 믿었다. 하지만 엄마가 된다는 것은 이전에는 상상할 수조차 없었던 삶의 좌절감을 맛보게 했다. 세쌍둥이를 임신하자 몸은 주체할 수 없이 불어났고 만삭 당시에는 몸무게가 92킬로그램에 육박할 정도로 증가했다. 머리숱이 없어졌고 듬성듬성 흰머리가 나기 시작했다. 출산은 몸을 피폐하게 만들고 탄력과 생기를 앗아갔다. 여성성을 상실하고 기능에만 충실해진 나의 몸을 바라보며 우울감이 밀려왔다. 자존감은 바닥을 쳤고 더 이상 나를 사랑할 자신이 없었다.

하지만 돌이켜보니 남편은 변한 게 하나도 없었다. 그는 여전히 다정했고, 가정에 충실했으며 나를 사랑했다. 휴일에는 온전히 나와 함께 시간을 보냈고 드라이브를 하거나 점심을 먹었다. 저녁에는 시원한 맥주 한 잔과 이야기를 나누었다.

오랜만에 아이들이 어렸을 때 쓴 육아일지를 열어보았다. 아이들이 태어나고 생후 일 년까지 육아일지를 썼는데 남편은 내가 쓴 글 아래 항상 코멘트를 달아주고는 했다.

생후 103일. '힘내라, 엄마. 쑥쑥 잘 자라라. 사 형제.'

생후 119일. '오늘도 수고했어. 아직 밖은 덥지만 곧 선
선해질 거니 힘내.'
생후 135일. '혼자 아이들 육아를 하겠다니. 그치만 너
무 부담 가지지 마.'
생후 146일. '시완이는 이틀 동안 쾌변을 못 했네. 아이
들 항상 보고 싶다. 여보, 사랑해.'

일지에는 남편의 사랑이 담긴 러브레터가 담겨 있었다. 여섯 권이나 되는 육아일지를 들여다보며 나도 모르게 눈물이 터져나왔다. 빛을 잃었다고 생각했던 사랑의 불씨는 사라진 적이 없었다. 흘러가는 세월만큼 사랑의 모양은 변했지만, 이제 나는 젊은 날의 뜨거웠던 사랑보다 따뜻하고 깊이 있는 우리의 사랑이 좋다.

요즘은 거울에 비친 나의 모습을 정면으로 바라보며 웃는다. 아주 가끔은 이런 엉뚱한 생각도 스친다.

서른여섯의 내가 스물여섯의 나보다 훨씬 아름답다고.

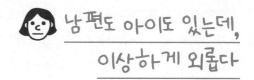 **남편도 아이도 있는데,
이상하게 외롭다**

무작정 통화 버튼을 누르고 싶을 때가 있다. 내 전화를 기꺼이
받아줄 누군가와 시간 가는 줄 모르고 재잘거리고 싶을 때가 있
다. 갑자기 불안할 때, 나를 에워싸고 있는 공기가 한없이 무거
워질 때 나는 통화 버튼을 누르곤 했다.

결혼 전에는 전화를 받아줄 사람이 적지 않았다. 활달한 성
격 탓에 친구가 많았고 습관처럼 친구와 하루 종일 수다를 떨
었다. 주로 사랑과 연애에 대해서였다. 사랑에 빠진 건 나였지
만, 친구와 나는 사랑에 대한 모든 감정을 나누었다. 사랑을 시
작하는 순간부터 떠나보내는 순간까지 함께 설레고, 행복하고,
슬퍼하고, 아팠다. 가족에게 하지 못할 이야기를 친구와 서슴
없이 주고받았다. 가족보다 친구가 훨씬 커다란 의미였던 시절
이었다.

한 라디오 프로그램에서 아줌마의 수다에 대한 에피소드를 소개한 적이 있다. 아줌마들은 전화로 두세 시간 동안 수다를 떨고 나서 이렇게 마무리한다는 것이었다.

"그래. 자세한 건 만나서 이야기하자."

이 말을 듣고 어찌나 웃었는지. 친구와 전화를 끊을 때면 나도 습관적으로 그렇게 말하고는 했다. 핸드폰 배터리가 방전이 돼서 갈아 끼우고 다시 전화하는 건 예사였고, 하루 종일 통화하다가 그날 저녁에 만나 이야기를 이어간 적도 있다. 그럴 때면 마음이 편해졌다. 그 시절 수다는 내게 삶의 상처를 치유하는 방법이었다.

그러나 육아는 고립된 섬처럼 외로운 시간이었다. 그토록 수다를 사랑했건만 마음을 나눌 사람이 없다는 것이 참 서러웠다. 친구들이 사회초년생으로 왕성하게 사회생활을 하던 시간에 나는 젖을 물리고 잔뜩 늘어진 티셔츠를 입은 채 아이를 재우러 정처 없이 거리를 헤매고 다녔다. 자연스럽게 친구들과 멀어졌다. 아이가 잠든 동안 잠시 시간을 내어 친구에게 전화를 걸면 시간이 엇갈리거나, 통화가 되더라도 나눌 이야기가 사라져버렸다. 사랑, 일에 대한 고민이 가득한 친구에게 하루 종일 아이에게 시달린 독박 육아는 다른 행성의 이야기처럼 들렸을 것이다. 엄마가 된다는 것은 완전히 다른 세계와 차원 속으로 나를 밀어 넣어버렸다. 이전에 내가 어떻게 살아왔든, 얼마나 방대한 인맥을 갖고 있든 중요하지 않았다. 엄마라는 명사가 인생에 대입되는 순간 내가 가지고 있던 모든 것은 리셋되었다.

자연스럽게 엄마들과의 교류를 시작했다. 여느 사회가 그렇듯 엄마들도 뭉치기를 좋아하고 소속감을 느끼며 그 안에서 유대관계를 지속하려 했다. 학연, 지연과 같은 연줄문화는 심지어 '산후조리원 동기'라는 표현을 창조해내기도 했다. 첫애를 출산하기 전 누군가 나에게 산후조리원 동기가 대학 동기보다 더 중요하다는 말을 건넸다. 그 말을 듣고 아기를 안고 산후조리원 거실 소파에 앉아 쭈뼛쭈뼛 눈치만 보다가 결국 말 한마디 건네지도 못한 채 방으로 돌아오기도 했다. 이상하게 위축감이 들었다.

스물일곱이라는 나이에 그것도 혼전임신으로 첫애를 가진 나를 사람들이 어떻게 바라볼까 두려웠다. 그래서 누군가와 결혼, 출산에 대한 이야기를 나누면 나도 모르게 얼굴이 달아올랐다. 누구보다 열심히 살아왔다고 자부했지만 '스물일곱, 혼전임신'은 책임감 있게 살아온 내 인생을 송두리째 부정해버렸다. 타인에게 나는 그저 사고 쳐서 아이를 가진 철부지일 것 같았다. 생각지도 못한 방향으로 흘러버린 삶이 불안했고, 부끄러웠다.

언제부턴가 나는 스스로 고립되기를 선택했다. 아이 친구의 엄마들과 최소한의 관계만 유지하고 선을 넘지 않는 관계가 편했다. 어느덧 나는 폐쇄적이고 가족 중심적인 사람이 되었다. 홀로 있는 데 익숙해진 시간은 아픔을 치유하는 방법도 변하게 했다. 누군가와 아픔을 공유하는 것보다, 아픔을 혼자 삼키고 뱉어내는 과정에 더욱 익숙해졌다. 인간관계를 맺는 것에 피로함을 느끼고, 젊었을 때처럼 모두에게 사랑받고 싶지도 않았다. 나의 전화를 받지 않는 누군가의 마음을 되돌리기 위해 애쓰고 싶지도 않았다. 관계에서 힘을 빼자 비로소 자유가 느껴졌다.

그러나 가끔씩 모순적으로 외로움을 느꼈다. 사랑스러운 아이들도, 자상한 남편도 있지만 매번 채워지지 않는 외로움이 찾아왔다. 행복과 외로움은 철저히 다른 영역에 존재하는 것 같았다. 행복하다고 해서 외롭지 않은 건 아니고, 외롭다고 해서 행복하지 않은 건 아니었다. 가끔은 둘 사이의 경계가 모호해져 가슴속에 차오르던 외로움은 어느새 행복을 뒤덮고 스스로를 불행하다고 착각하게 만들었다. 외로움은 우울로, 우울은 불행으로 전이되었다.

'내가 느끼는 불안, 괜찮은 거죠? 다들 외로운 거죠? 다들 이

겨내고 제자리로 돌아오는 거죠?'

마음을 터놓을 수 있는 누군가가 있었으면 좋겠다는 생각이 들었다. 지금 이 감정이 틀리지 않았다는 것을 이해받고, 나와 비슷한 감정을 느끼는 누군가의 이야기를 듣고 위로받고 싶었다. 가끔씩 가슴에 커다란 구멍이 뻥 뚫린 채 한기가 매섭게 드나드는 것 같았다. 외로움은 삶에 배어 있었다. 아니, 외로움에 삶을 푹 적셨다가 건져 올린 듯했다.

"나 잠시 한국에 왔어."

얼마 전 스캇으로부터 아주 오랜만에 메시지가 왔다. 스캇은 고등학교 때 나의 첫 외국인 선생님이다. 태어나서 처음 만난 파란 눈의 선생님. 2미터가 넘는 거구지만 나는 그가 마냥 좋았다. 고등학교 졸업 이후로도 우리는 종종 만났다. 친구들과 함께 보기도, 단둘이 만나기도 했다. 스캇은 인생에 대한 좋은 이야기를 들려주었다. 어떻게 살아야 할지, 어떤 마음가짐을 가져야 할지, 목표를 어떻게 실현해야 할지. 우리는 깊이 있는 대화를 나누었다. 짧은 영어에 서투른 대화였지만, 그의 눈빛에는 언어 이상의 따뜻함이 담겨 있었다.

마지막으로 그를 만난 건 십여 년 전, 대학교 졸업을 앞둔 시점이었다. 스캇은 미국에서 박사학위를 딴 뒤 중국 톈진에 있는 국제학교로 옮긴다고 했다. 그러고는 연락이 끊겨버렸다. 그 사이 나는 결혼을 했고 아들 넷 엄마가 되었다. 가끔 스캇이 생각났지만 연락할 엄두가 나지 않았다.

십여 년 만에 우리는 마주앉아 쌓인 이야기들을 풀어냈다. 나의 영어는 더 서툴러졌지만 이상하게도 어떤 이야기도 꺼내놓을 수 있을 것 같았다. 깊은 대화를 나누려면 '편안함'이 필요하다. 서로가 서로에게 편하다는 것은 한편으로는 어려운 일이다. 십여 년 만에 마주해도 마치 어제 만났던 것처럼 어색하지 않은 사람. 나를 포장할 필요도, 가식적인 웃음을 띠지 않아도 되는 사람. 내 모습을 있는 그대로 받아줄 수 있는 사람, 그것이 바로 '친구'였다.

"있지, 나도 요즘 인간관계에 대해 고민했어. 학생들이 이제 나를 어려워하거든. 나 자체도 덩달아 냉소적으로 변한 것 같아. 작년에 정말 힘들었어. 내가 여기서 뭘 하고 있는 건지, 내 인생이 제대로 되어가고 있는지 모르겠더라고. 그럴 때면 혼자 걷고 또 걸었어."

스캇도 가끔 외롭다고 했다. 외로움이 불쑥 차오르면 추억이 담긴 거리를 걷거나 책을 보기도 하고, 학교에 남아 좋아하는 음악을 듣는다고 했다. 그도 외로움을 느끼고 인간관계에 대해 고민하는 한 사람이라는 사실에 위안이 되었다. 어쩌면 나는 그동안 내가 다르지 않다는 걸 누군가의 입을 통해 확인받고 싶었던 것 같다. '살아간다는 것은 외로움을 견디는 일'이라고 이야기한 정호승 시인의 말처럼 어쩌면 외로움이란 본래 인간과 분리될 수 없도록 설계되었는지도 모른다.

지금 스캇은 톈진에 있는 한 국제학교의 교장이다. 학생들에게 교장으로서 스캇은 어렵고도 불편한 사람일 것이다. 아마 우리가 지금 학교에서 만났다면 지금 내가 남들과 그러하듯 적당한 관계를 맺었을지 모른다. 불현듯 대학을 갓 졸업하고 한국으로 와 선생으로서의 커리어를 시작한 젊은 스캇의 모습이 떠올랐다. 타지에서 새로운 삶을 시작한 그에게 어린 소녀의 관심은 내가 기억하는 이상의 따뜻한 애정으로 기억되었던 것 같다. 머릿속으로 계산하지 않아도 관계가 성립될 수 있었던 시절, 우리는 순수했다. 그랬기에 서로가 소중했던 것이다.

무심코 핸드폰의 연락처 리스트를 쳐다보았다. 과연 핸드폰에 저장되어 있는 삼백여 명 중 내 전화를 기꺼이 받아줄 사람은 몇이나 될까. 순수했던 시절의 친구들이 얼마나 남아 있을까. 그리고 나는 관계를 지키기 위해 얼마만큼의 노력을 기울여왔나.

집으로 돌아오는 길, 나는 깨달았다. 스캇도, 나도 똑같은 시간의 흐름 속에서 늙어가고 있었다는 걸. 누구나 삶은 외롭고,

아프고, 처연하다. 살아간다는 것은 정말 외로움을 견디는 일인지도 모르겠다. 그러나 외로움이 삶을 침식하더라도 이제는 그 외로움을 담담히 바라볼 수 있다. 글을 쓰며 감정을 정리하고 따뜻한 노래를 들으며 마음을 다독인다. 문득 찾아온 감기처럼 이 외로움도 홀연히 떠나갈 것임을 안다.

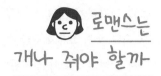

로맨스는
개나 줘야 할까

"애들 다 모였어. 언제 올 거야?"

친구에게서 문자가 왔다. 중고등학교를 함께 나온 K의 고별 자리였다. K는 일본으로 주재원 발령이 나서 다음 주면 오사카로 떠나야 했다. 주재원 기간은 최소 4년. 그날 고별파티는 K의 남편이 준비한 자리였다.

오랜만에 나선 밤거리는 낯설고 새로웠다. 분명 아기 띠를 매고 하루 종일 걸었던 거리였건만, 밤의 공기는 지겹도록 익숙한 이 거리에 색다른 향기를 채워 넣었다. 꽃무늬 프린트 원피스에 굽이 있는 여름 샌들을 신었다. 바람에 치맛단이 살랑살랑 흔들렸다. 버스 정류장 윈도에 비친 희미한 내 모습이 너무나도 어색해서 아른아른 사라질 것처럼 보였다.

잠이 들 때면 유난히 엄마를 찾는 첫애는 단 하루의 저녁 외출도 허락하지 않았다. 하루는 아이가 잠든 것을 겨우 확인하고 대학 동창 모임에 갔는데 명동의 한 술집에 엉덩이를 붙이마자 남편의 전화가 걸려왔다. 내가 나가자마자 아이가 잠에서 깨 엄마를 찾고 있다는 것이었다. 결국 남편은 우는 아이를 어찌하지 못한 채 수서에서 명동까지 삼십 분이 넘는 거리를 운전해 찾아왔다. 친구들에게 급하게 인사를 건네고 아이가 우는 차 안으로 돌아갔다. 스물여덟 살 친구들에겐 상상조차 할 수 없는 삶이 내게는 신물 나게 반복되는 일상이었다. 이번이 아이를 낳고 나서 두 번째 저녁 약속이었다. 제발. 오늘은 핸드폰이 울리질 않기를.

강남역의 어느 재즈 바. 친구가 보내준 약도를 따라 버스에서 내려 목적지를 찾아갔다. 지하로 들어서자 쾌쾌한 공기가 코끝을 찔렀다. 동시에 잔잔한 재즈 음악이 귀로 스며들었다. 바 안은 어둡지만 따뜻했고 분위기는 자유로웠다. 사람들이 즐겁게 이야기를 나누고 있었다.

"잠시만 집중해주세요. 저는 K의 남편입니다. 아시겠지만 우리 K가 다음 주면 오사카로 떠납니다. 이 연주는 K를 위해 바치는 곡입니다."

사람들이 일제히 그를 향해 환호를 보냈다. 검정색 그랜드 피아노에 앉은, 핀 조명을 받은 그의 모습이 돋보였다. 유난히

긴 손가락과 잔잔한 어깨선, 매끄러운 콧날까지. 마치 이루마가 'River Flows in You'를 눈앞에서 연주하는 듯한, 아님 영화 〈라라랜드〉 속 라이언 고슬링이 그윽한 눈빛으로 오로지 나를 위해 연주를 해주는 듯한 느낌이 들었다. 갑자기 아주 오래 전 보았던 〈파리의 연인〉이라는 드라마가 떠올랐다. 피아노를 치는 남자, 그를 순진무구한 표정으로 쳐다보는 여자. 남자는 감미로운 노래를 부르다 여자의 손목을 박력 있게 휘어잡고 어디론가 향한다.

피아노를 치는 남자의 모습을 보니 드라마 속 여주인공처럼 누군가 내 손을 잡고 어디론가 이끌었으면 하는 강한 충동이 일었다. 온몸이 땀으로 젖을 때까지 누군가의 손을 잡고 무작정 뛰고 싶었다. 사람들로 가득한 거리를 지나 인적 드문 가로수 길이 나타날 때까지, 지금 나를 둘러싼 모든 것을 잊고 뛰고 싶었다. 이 세상에 '너와 나'만 존재했던 그때 그 시절처럼.

"어허. 부부끼리 이러면 못 써."

수줍게 남편의 손을 더듬거리는 내게 남편은 전혀 재밌지 않은 농담을 날리고는 했다. 장난인 듯 장난 아닌 그의 말은 매번 상처가 되어 돌아왔다. 사실 나는 아직도 남편과 있으면 손을 잡고 싶고, 넓은 등을 팔로 감싸 안고 싶고, 발과 발이 엉킨 채 서로의 눈동자를 하염없이 쳐다보고도 싶다. 그러나 어느덧 결혼 십 년 차가 된 우리 부부에게 스킨십은 인정하고 싶지 않지만 꽤나 우울한 것이 되어버리고 말았다.

가끔 남편의 눈을 바라보면 나에 대한 애정이 하나도 느껴지지 않아 속상할 때가 있다. 십 년 전 장거리 연애를 할 적에 우리는 서울역에서 만나고 헤어지면서 기차가 떠나는 마지막 순간까지 서로를 애절하게 바라보며 헤어지고는 했다. 드라마가 따로 없었다. 기차가 떠나면 남편은 달리기 시작했고 나는 그를 애달프게 바라보았다. 눈앞에 커다랗게 존재했던 그가 작은 점이 되어 사라질 때까지, 한참동안 자리를 떠나지 못한 채 우두커니 서서 그를 바라보았다. 눈을 감아도, 떠도 잊히지 않았다. 나를 바라보는 그의 눈빛. 검은 눈동자에 비친 애절한 나. 사랑한다는 말을 굳이 입 밖으로 내뱉지 않아도 사랑이 가득했다.

우리에게도 첫애가 태어나기 전 짧았지만 신혼이 있었다. 남편은 늘 회사 앞으로 나를 데리러 왔고 우리는 함께 저녁을 먹거나 영화를 보았다. 주말에 늘어지게 잠을 자고 일어나면 아침밥 냄새가 솔솔 풍겨왔다. 단호박 속을 비우고 찹쌀을 넣어 지은 단호박 밥에는 서툴지만 정성 가득한 그의 사랑이 담겨 있었다. 남편이 지어준 밥을 한입 가득 넣으며 나는 설명할 수 없는 행복을 느꼈다. 사랑하는 사람과 이렇게 행복해도 되는지 가끔 불안할 정도로 행복했다. 너무 행복해서 불안하다는 감정을 태어나서 처음 느꼈다. 우리는 함께할 수 있는 것들을 생각하고 계획하고 실천했다. 늦은 저녁에는 손을 잡고 동네를 한 바퀴 돌면서 이야기를 나누었다. 잠들기 전 그의 팔에 살며시 머리를 대고 눈을 마주쳤다. 신혼은 연애의 연장이었다.

아이가 태어나자 현실이 시작되었다. 육아를 시작하며 바닥난 체력과 인내심은 일상에서 로맨스를 앗아갔다. 하루 종일 계속되는 육아는 우리가 연인이 아니라 부부임을 직시하게 만들었다. 걷잡을 수 없이 가사 일이 늘어났다. 아이를 먹이고, 재우고, 씻기고, 놀아주고, 돌보는 동시에 요리, 설거지, 빨래, 청소, 정리를 해야 했다. 모든 일상은 아이 중심으로 돌아갔다. 영화를 한 편 볼 여유도, 좋아하는 음악을 함께 들을 시간도 없었다. 정확히 이야기하면 영화, 음악은 바라지도 않았다. 새벽까지 이어진 육아에 제발 단 하루라도 충분히 잤으면 좋겠다는 생각뿐이었다. 기본적인 욕구조차 충족되지 않은 상태에서 하물며 잠자리에 들기 전 눈 맞춤이라니, 그런 여유는 팍팍한 삶에 주어지지 않았다. 눈을 마주치면 사랑이 샘솟기는커녕 으르렁대기 바빴다. 내 일이 네 일이 되고, 네 일이 내 일이 되는 모호한 삶의 경계에서 우리는 부부이기 전에 당장의 현실을 함께 헤쳐 나가는 동반자가 되어야 했다.

K가 떠난 지 4년이 흐른 어느 날, 한국에 돌아온 K의 집을 찾았다. K는 그사이 한 아이의 엄마가 되어 있었다. 이제 갓 돌을 넘긴 아이는 걸음마를 조금씩 떼고 있었다. 거실은 아이의 장난감으로 가득했고 여기저기 치우지 못한 장난감들이 널브러져 있었다. K의 얼굴은 육아에 찌들어 있었다. 불과 몇 년 전나의 얼굴이었다. 작은 방에 들어서자 K의 남편 소유로 보이는 디지털 피아노가 놓여 있었다. 안쓰러운 그녀의 얼굴을 바라보며 나는 말을 건넸다.

"기운 내. 그래도 네 남편은 로맨틱하잖아. 솔직히 그날 네 남편한테 반했어. 피아노 치는 거 얼마나 멋있던지. 평소에도 연주해주지? 정말 부럽다."

피아노 이야기가 나오자마자 K의 표정이 심각하게 일그러졌다.

"로맨스는 개뿔. 피아노의 '피'자도 꺼내지 마."

K는 남편의 피아노 연주 때문에 스트레스가 이만저만이 아니라고 했다. 주말에 항상 정해진 시간만큼 피아노를 쳐야 하는 K의 남편은 아이가 울고불고 난리를 쳐도 방안에 들어가 귀마개를 하고 피아노를 친다고 했다. K는 그렇게 피아노를 쳐대

는 남편이 너무나도 얄밉다고 했다.

　이놈의 피아노, 이놈의 피아노. 기회만 있으면 당장이라도 버리고 싶다고 K는 짜증내며 이야기했다. 갑자기 방안에 들어가 주황색 귀마개를 귀에 콕 찔러 넣은 채 태평하게 피아노 선율에 온몸을 맡기는 K의 남편이 상상되었다. 4년 전, 그랜드 피아노에 점잖게 앉아 있던 그의 모습은 현실 육아에도 아랑곳하지 않는 얄미운 남편의 얼굴로 순식간에 바뀌었다. 갑자기 실소가 터져 나왔다. 육아를 도와주지 않고 눈치 없이 피아노만 치는 남편이라. 그가 이루마, 라이언 고슬링이라 할지라도 최악이라는 생각이 스쳤다. 결혼에서 로맨스를 덜어낸 진짜 현실에서 달달한 로맨스까지 기대하는 건 사치일까. 로맨스는 정말 개나 줘야 되는 것일까.

　'너와 함께한 시간 모두 눈부셨다. 날이 좋아서 날이 좋지 않아서 날이 적당해서 모든 날이 좋았다.'

　아이들이 잠든 밤, 총총 거실로 나와 조용히 TV를 틀었다. 금요일 밤은 〈도깨비〉 본방사수를 해야 하기에 나도 모르게 예민해진다. 하루 종일 이어진 육아로 몸은 천근만근이지만 화면에 그가 나오자 언제 그랬냐는 듯 두 눈에는 총기가 감돈다. 그의 눈빛, 목소리, 연기, 심지어 그의 주변을 맴도는 공기까지 묻어나는 듯하다. 그의 대사 한 마디에 호흡을 잠시 멈추고 다시 내뱉기를 반복한다. 눈을 끔뻑이며 그에게 집중한다. 미간은 어느새 찌푸려져 있다. 심각하게 몰입해 있다는 증거다. 으앙. 아이들의 찡얼대는 소리가 희미하게 들린다. 손에 리모컨을 꼭 쥔 채 고개도 돌리지 않고 남편에게 까딱까딱 손짓을 한다. 당신이 처리해. 평소 같으면 너그러이 받아줄 아이의 울음을 이 때는 받아줄 수 없다. 남편은 나의 손짓을 보고 익숙한 듯 아이를 달래러 방으로 향한다.

　일주일에 한 번 그를 만나는 시간은 그의 세상으로 나를 쭉 빨아들였다. 연예인에게 이렇게 몰입한 건 처음이다. 길을 걷다가 공유가 나오는 광고만 마주해도 심장이 철렁거리고 설레었다. 드라마 종영 후 허탈한 마음을 공유 덕질로 달랬다. 〈김종욱 찾기〉부터 〈커피 프린스〉까지 그가 출연한 작품을 찾아보며 채워지지 않는 로맨스에 대한 갈증을 달랬다. 로맨스는 결코 판타지가 아니었다. 삶의 활력이자 지지대였다.

　가끔 〈도깨비〉가 없었다면 쳇바퀴 돌듯 힘겨운 아들 넷 육아를 어떻게 견뎠을까 생각한다. 그와 마주한 오늘은 또다시 일주일을 견디게 만드는 원동력이었다. 무언가를 기다린다는 것, 목적이 결여된 삶에 작은 의미를 부여하는 것, 어쩌면 나는 그를 사랑했던 게 아니라 지금 나를 지탱하게 만드는 무언가를 찾고 있었는지도 모른다.

사람은 늙는다. 얼굴은 탄력을 잃고 검버섯이 피어나며 주름이 진다. 그러나 우리의 마음은 여전히 투명하고 온몸의 감각은 슬플 정도로 예민하게 살아 있다. 교복을 입고 손을 잡은 채 나란히 걷고 있는 고등학생 커플을 보면 풋풋한 그리움이 차오르고, 닿을 듯 말 듯 애간장을 태우는 입술을 보면 심장이 간지럽다. 반복되는 일상에 멸종된 것만 같았던 연애세포는 어느 순간 불쑥 마음을 아리게 한다. 피부는 노화로 주름이 지더라도, 마음에는 결코 주름이 지지 않는다. 내가 오늘도 로맨스를 꿈꾸는 이유다.

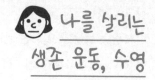

나를 살리는
생존 운동, 수영

통증이 계속되었다. 참을 수 없이 악화된 허리통증은 척추 끝에서 꼬리뼈에 이어지는 부분에서 가장 극심했다. 허리가 끊어질 것 같은 느낌이 들었다. 왼쪽 다리가 저린 증상도 동반되었다. 한 달에 한 번 생리가 찾아올 때면 통증은 절정을 향해 내달렸고 아파서 잠들지 못한 적도 있다. 몸을 이리 저리 뒤척여보기도, 진통제를 먹어보기도 했다. 하지만 통증은 쉽게 가시지 않았다.

아이를 낳기 전 건강에 대해서는 꽤나 자신하며 살았다. 지금은 160센티도 되지 않는 작은 키지만, 어렸을 때는 신체발육이 남달랐고, 또래에 비해 힘도 셌다. 운동신경도 좋았다. 초등학교 때 체력장을 하면 항상 특급을 받았다.

아이를 낳고서도 건강에 대한 자만은 이어졌다. 스물일곱에 첫애를 출산한 다음날 양말도 신지 않은 채 맨발로 뛰어다니기도 했고, 몸을 따뜻하게 해야 한다는 엄마 말을 듣지 않고 덥다며 산후조리원에서 에어컨을 틀고 지냈다. 출산 후 몸이 상한다는 이야기가 무엇인지 심각하게 고민해본 적도 없다. 세쌍둥이를 임신했을 때는 만삭 주수까지 아이들을 품어 출산했다. 조산의 위험성이 매우 컸지만 세쌍둥이는 인큐베이터에 들어가지 않아도 될 정도로 건강하게 태어났다. 모두들 신이 내린 자궁이라고 했다. 그때까지 나도 내가 특출나게 건강한 줄 알았다.

그러나 건강은 자신하는 게 아니었다. 몸이 늙고 피폐해지는 건 순간이었다. 세쌍둥이를 배에 품고 있던 시간은 순식간에 온몸을 만신창이로 만들었다. 만삭 당시 불어난 몸무게는 92킬로그램에 육박했는데 거대한 배 때문에 혼자 일어나기조차 힘들었고 갈비뼈가 폐를 찔러 숨 쉴 때마다 고통스러웠다.

몸이 망가진 줄도 모르고 육아가 시작되었다. 혹독한 아들 넷 독박 육아는 몸을 더욱 혹사시켰다. 쉴 틈 없이 아이를 먹이고 씻기고 재웠고, 양손에 두 아이를 덥석 안아 들었다. 결국 척추와 무릎이 망가졌다. 허리는 펼 수 없을 정도로 통증이 심해졌고 무릎은 삐걱대고 시큰거렸다. 처음으로 정형외과를 방문했다.

"추간판 탈출증입니다. 쉽게 말해 디스크라고 하죠. 디스크가, 특히 요추 5번과 6번의 디스크가 심각하게 튀어나와 있습니다. 당장은 수술까지 고려할 단계는 아니지만 상태가 나빠지지 않도록 주의를 기울이셔야 합니다. 아, 그리고 무릎에는 관절염도 있으시네요."

디스크라니. 관절염이라니. 아직 팔팔해야 할 서른다섯 아닌가. 건강에 대해서는 누구보다 자신했던 몸이 아니었던가. 순간 머릿속이 하얘져 아무 생각도 떠오르지 않았다. 출산 후 산후조리조차 제대로 하지 못한 게 그제야 원망스러웠다. 이 몸을 이끌고 몇 십 년을 어떻게 살지 막막함이 밀려왔다.

"허리에 무리를 주지 않는 것도 중요하지만, 지금 필요한 것은 운동입니다. 허리에는 수영이 가장 좋습니다."

순간 의사의 입술 사이로 새어나온 수영이라는 단어가 바짝 나를 긴장하게 했다. 사실 나는 물에 대한 지독한 공포가 있었다. 아홉 살 때 물에 빠진 이후로 수영을 배워본 적도 없고, 내 키보다 깊은 수심에서는 단 몇 초도 버티지 못했다. 나이를 먹으면 괜찮아질 거라고 생각했지만 물에 대한 공포는 더욱 심해졌다. 수영이라는 단어를 듣자 잊고 있던 유년의 기억이 온몸을 휘감았다. 짙은 초록색 강물이 온몸에 차올라 숨 쉴 수 없이 답답한 기분이 들었다.

'수영은… 수영은, 못해. 절대로.'

어린 기억 속의 내가 소리쳤다. 나는 고개를 끄덕였다. 그럼 뭘 하지. 뭘?

평생 운동은 숨 쉬기 운동이 전부였던 초라한 삶이었다. 목욕 후 거울에 비친 몸뚱이를 바라볼 때마다 세쌍둥이 출산으로 탄력을 잃고 볼품없어진 뱃살이 가장 먼저 시야에 들어왔다. 얼굴은 삼십대지만 뱃살은 칠십대 할머니 같았다. 한번은 공중 목욕탕에 갔다가 따뜻한 탕에 앉아 있는 나를 보고 어떤 아주머니께서 호통을 친 적이 있다.

"아이고. 새댁. 임산부는 탕에 들어가면 안 돼!"

얼굴이 붉어져 맞받아칠 말조차 생각나지 않아 멍하니 아주머니를 쳐다보았다. 삼삼오오 앉아 있던 탕 속의 무리들은 나의 임신 여부를 가늠하기 위해 눈동자를 굴렸고, 아주머니는 당황한 눈빛으로 나를 바라보았다. 어색한 정적이 우리를 감쌌다. 다시 떠올려도 참담한 순간이었다.

가끔씩 만신창이가 된 내 몸을 바라볼 때면 우울한 기분이 밀려들었다. 여성으로서의 아름다움을 상실한, 기본적인 기능에만 충실해진 나의 몸뚱이를 볼 때면 눈물이 차올랐다.

'나 아직 젊은데. 엄마이기 전에 여자이고 싶은데.'

수영을 배워볼까 잠시 고민하다 눈을 질끈 감아버렸다. 아무리 생각해도 수영은 엄두가 나지 않았다. 결국 병원에서 처방해주는 진통 소염제를 먹으며 견디기로 했다. 하지만 통증은 악화되기만 할 뿐 몇 개월이 지나도 나아지지 않았다.

"평생 그럴 거야? 이번 기회에 배워보는 거 어때? 어차피 실내 수영장 수심이 깊어봤자 당신 키보다 얕다고. 한 달만 해봐. 응?" 남편의 집요한 설득에 결국 수영장으로 향했다. 물에 대한 공포는 여전했지만 수심이 깊어봤자 내 키보다 얕다는 말이 끝내 위안이 되었다.

아직도 수영장에 첫 발을 내민 그날을 잊을 수가 없다. 어린이풀에 들어가 몇 번이나 숨을 고르고 골랐던 그날의 기억, 차가운 물의 표면에 살결이 닿는 순간 미칠 것처럼 답답하고 숨 쉬기 힘든 고통이 에워싸던 기억. 눈을 질끈 감고 물속으로 고개를 넣었다. 무뎌질 때까지 넣고 또 넣었다. 덤덤해질 때까지. 괜찮아질 때까지. 그렇게 나는 푸른빛 실내 수영장에서 초록색 강물에 빠졌던 어린 나를 만났다.

벌써 일 년 전의 일이다. 그날의 결심은 내 생활을 완전히 바꾸어 놓았다. 무엇보다 이제 내게는 취미라고 자신 있게 이야기할 만한 운동이 생겼다. 그동안 왜 운동을 하지 않았는지 후회스럽다. 감사하게도 부모님이 주신 건강한 신체를 나는 망가질 때까지 방치했다. 젊음을 지나치게 믿었다. 운동의 중요성을 삼십대 중반의 나이가 돼서야 절실히 깨달았다. 건강은 자만하면 안 된다는 것과 몸은 무엇보다 정직하다는 걸 함께 느꼈다. 결혼 전 내게 운동은 그저 다이어트를 위한 것이었지만, 엄마가 된 후 운동은 건강을 위한 것이 되었다. 운동을 하지 않으면 육아를 할 수 없다. 육아에 있어 체력은 정말 중요한 요소이다. 운동을 꾸준히 할수록 확신이 든다. 운동은 단지 쇠약해진 몸뿐 아니라 지친 마음과 가라앉은 삶에도 커다란 활력을 준다는 것을.

얼마 전 수영 상급반으로 진급을 했다. 몸은 녹슬어도 운동 감각은 녹슬지 않았나 보다. 물에 대한 트라우마를 극복한 것뿐만 아니라 단기간에 실력이 향상됐다. 내 실력이 일취월장하는 것을 보고 몇 달 전 남편도 수영을 시작했다. 알고 보니 남편도 왕초보였다. 상급 레인에서 수영을 하다가 잠시 숨을 돌려 초급 레인을 바라보면 초급 레인에서 숨을 헐떡이며 수영을 하는 남편의 모습에 나도 모르게 웃음이 새어나온다. 남편의 비행 스케줄이 없는 날에 우리 부부는 함께 수영을 간다. 매일 오전 아이들을 보낸 뒤 헐레벌떡 수영장으로 달려가 수영을 하고 집으로 돌아오는 길은 하루 중 가장 상쾌한 시간이다.

우리 반에는 50~70대인 나이 지긋한 선배가 대부분이다. 쇠

지팡이를 짚고 수영장에 들어서는 사람도 있고, 양쪽 무릎 연골이 닳아 인공 연골을 삽입한 사람도 있다. 두 무릎에 선명히 드러난 수술 자국을 바라볼 때면 왠지 모르게 숙연한 마음이 일렁인다. 과연 나는 그동안 얼마나 용기 내며 살아왔는가. 자신의 한계에, 새로운 무언가에 얼마나 나를 던져왔는가. 나에게는 새로운 꿈이 생겼다. 언젠가 오리발을 끼고 바다를 헤엄쳐 가르는 것이다. 누군가 좋아하는 운동이 있냐고 물으면 이제 자신 있게 대답한다.

"내 취미는 수영이에요."

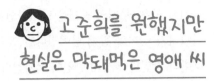

고준희를 원했지만 현실은 막돼먹은 영애 씨

시즌 17. 그녀의 등장은 강렬했다. 영애 씨는 아이를 아기 띠에 맨 채 야생 멧돼지에 쫓기고 있었다. 육중한 멧돼지의 몸에서 CG냄새가 살짝 풍겼지만 아기 띠를 매고 멧돼지에게 쫓기는 설정이라니, 시작부터 제대로 몰입이 되었다.

사실 나도 첫애를 아기 띠에 매고 야생 개에 쫓긴 기억이 있다. 첫애가 6개월 남짓 되었을 무렵 아이를 재우기 위해 정처 없이 집 앞에 있는 산에 오른 적이 있었는데, 산 중턱에서 진돗개처럼 생긴 하얀 개가 허연 이를 드러낸 채 으르렁대더니 이내 우리를 향해 뛰어와 내리막길 언덕을 뛰어 도망간 적이 있다. 다행히 산 아래로 내려가 별일은 없었지만, 이후 산을 오르던 어느 노부부가 개의 공격을 받아 구급차에 실려 갔다는 이야기를 접하고는 한참이나 경악과 죄책감 사이를 오갔다. 만약 아기를 안은 채 개의 공격을 당했다면? 가파른 내리막길을 뛰어가다가 아이와 함께 넘어졌다면? 가끔씩 그 기억을 떠올릴 때마다 잔인한 상상의 향연이 펼쳐진다. 그래서 멧돼지에게 쫓기는 영애 씨의 모습은 강렬한 CG향에도 불구하고 나에게는 현실감 100%인 다큐로 다가왔다.

영애 씨는 나보다 용감했다. 그녀는 쫓기는 와중에도 마을회관 앞에 있는 어르신들을 대피시키더니 멧돼지가 뛰어오는 순간 창고 문을 열어 멧돼지를 가두는 데 성공했다. 공을 인정받아 마을에서 표창을 받는 영애 씨. 그런데 그녀의 얼굴을 찬찬히 보는 내내 이상한 기분에 사로잡혔다. 어라. 그녀의 머리가 나와 비슷한 거 아니겠는가.

얼마 전, 명절맞이 머리를 했다. 표면적인 이유는 명절맞이였지만 사실은 긴 머리가 귀찮아 자르고 싶다는 데 가까웠다. 수영을 하고 셔틀버스 시간에 쫓겨 머리를 제대로 말리지 못하고 나와 머리카락이 고드름처럼 얼기도 했고, 집에서는 하나로 묶은 머리를 아이들이 쉴 새 없이 잡아당기기도 했다.

"이제 자를게요. 긴 머리 자르는 거 아깝지 않으세요?"

허리까지 내려오는 긴 머리를 단번에 자르려는 미용사의 눈동자에는 희열이 번뜩였다. 그녀의 말에 조금도 서운하지 않은 내 감정에 흠칫 놀랐다. 긴 머리만 고수하며 머리를 아주 조금만 잘라도 아까웠던 시절이 있었다. 대학 시절 내내 허리까지 내려오는 긴 머리를 유지했다. 그런 내가 청순한 줄 알았다. 그래서 미용사가 조금이라도 머리를 자르면 괜히 예민하게 반응했고, 머리를 망쳤다며 화장대 앞에 앉아 울기도 했다.

그러나 엄마가 된 후, 긴 머리에 대한 집착은 자연스럽게 사라졌다. 하루아침에 순식간에 사라진 것이 아니라, 나이가 들면서 서서히 사라진 느낌이랄까. 엄마가 되고 나서는 효율적으로 움직여야 했기에 관리하기 편리한 단발을 선호하게 되었다. 길면 자르고, 또 길면 자르고. 야한 생각을 하는 것도 아닌데 왜 이렇게 머리는 빨리 자라는지. 그렇게 빨리 자라는 머리를 원망하며 아무 미련 없이 머리를 자르게 되었다.

그나마 회사에 다닐 때는 주기적으로 머리를 가꿨다. 매일 아침 정신없이 나가면서도 헤어에센스를 바르고 가끔 염색을 하거나 기분이 우울할 때면 머리 스타일을 바꾸어 스트레스를 해소했다. 그러나 세쌍둥이 출산 후 미용실에 갈 잠시의 여유조차 주어지지 않았다. 아이들이 어릴 때는 온종일 집에 처박혀 지내야 했고, 미용실은커녕 집에서 머리를 감을 시간도 없었다. 수십 년 동안 파마에 가려졌던 내 본연의 모발은 충격적이게도 생머리가 아닌 반곱슬이었다.

어느 순간부터 의식적으로 거울을 보지 않았다. 거울을 들여다보면 왠지 모르게 우울해졌다. 핸드폰 사진첩은 아이들의 사진으로만 가득 찼다. 거울을 마주하기 싫었던 것처럼 사진 속의 자신을 인정하기가 고통스러웠다. 누군가 내 사진을 찍으면 고개를 피하거나 찍지 않겠다고 이야기했다. 세쌍둥이 출산 때는 그 흔한 만삭사진조차 찍지 않았다. 급격하게 불어버린 몸과 퉁퉁 부은 얼굴을 평생 간직하고 싶지 않았다. 카톡 프로필에는 지금의 내가 없다. 살이 찌기 전 과거의 나만 존재한다.

"전혀 미련 없어요. 확 자르세요. 확."

아슬아슬하다는 눈빛을 보내는 미용사에게 나는 거침없이 말했다.

"이 머리처럼 해주세요. 고준희 단발머리요."

핸드폰에서 사진 한 장을 미용사에게 내밀었다. 변신하고 싶은 헤어스타일을 이야기할 때는 역시 사진만한 게 없었다. 애매모호한 설명은, 특히 '이런 느낌으로요'라는 식의 설명은 늘 커뮤니케이션 오류를 이끌어 원하지 않는 머리가 되어 돌아왔다. 그래서 항상 사진을 내미는 게 습관이 되었다. 될 수만 있다면 세련된 느낌의 고준희 단발로 변신하고 싶었다. 한 뭉텅이로 잘린 머리카락을 보니 가슴을 누르던 체증이 내려가는 느낌이 들었다. 아무튼 시원했다.

머리를 하는 세 시간 동안 나는 고준희처럼 세련된 단발로 변신한 모습을 상상했다. 그러나 완성된 머리는 늘 그렇듯 상상 이하의 결과였다. 기대보다 짧았고 버섯모양과 같은 몽실 언니 스타일이었다. 씁쓸한 웃음을 지으며 미용실을 나왔다. 뭐 머리는 또 기르면 되니까. 허전한 머리칼을 매만지며 조금 어색해진 내 모습을 거울에 비춰보기를 반복했다.

〈막돼먹은 영애 씨〉를 보는 내내 내 머리가 고준희보다는 영애 씨에 가깝다는 생각이 들었다. 통통한 체격과 동그란 얼굴도 그렇지만, 갓난아이를 키우는 영애 씨의 하루는 내가 지나온 시간들과 닮아 있었다.

너저분한 머리를 한 채 우는 아기를 달래기 위해 버스 안에서 급하게 젖을 물린 기억, 잠든 아기를 겨우 재우고 밀린 빨래를 접으며 유축을 했던 기억, 우는 아기 때문에 화장실에 못 가고 전전긍긍하다가 결국 아이를 안고 양변기에 앉은 기억…. 드라마는 내가 지나온 시간을, 아직도 견디고 있는 시간을 소복이 담아내고 있었다. 이상하게도 영애 씨를 보며 눈물이 흘렀다. 늘어난 티셔츠에 아기의 침이 흥건히 묻어 있는 영애 씨가, 복직해서는 회사에서 인정받기 위해 고군분투하는 영애 씨가, 아기가 아플 때 일에 집중하지 못하고 마음을 졸이는 영애 씨가 눈물 나게 예쁘다는 생각이 들었다. 예쁘다는 말도 나처럼 나이를 먹나보다. 이십대의 아름다움은 긴 웨이브 머리, 여신 원피스, 하이힐의 조화였지만 중년을 바라보는 지금의 아름다움은 단지 보이는 것이 아닌 그 안에 깃든 의미로 다가온다. 내면에서 건져 올린 아름다움은 작고 소박하지만 깊이가 있고, 기품이 있다. 나의 삶이 투영되어 보이기도 하고, 나의 아픔이 녹아 있기도 하다. 잠자리에 들기 전 누워 있는 나에게 아이가 귓속말로 속삭인다.

"엄마, 예뻐."

후줄근한 티셔츠에 떡 진 머리를 한 나에게 아이들이 다정하게 이야기한다.

"엄마, 예뻐."

나는 누군가에게 여전히 아름다운 사람이다. 누구보다도 아이들의 과분한 사랑을 받고 있다. 나의 작은 몸짓, 시선, 행동은 아이들에게 온 세계다. 네 아이의 눈빛은 오롯이 엄마에게 향해 있다. 아이들에게 엄마는 세상에서 가장 아름다운 사람일 것이다. 세상에 예쁘지 않은 사람은 없다. 소중하지 않은 사람도 없다. 나태주 시인의 '풀꽃'이라는 시처럼, 자세히 보면 예쁘지 않은 사람은 세상에 없다.

효자 아들에 꼭 착한 며느리일 필요는 없잖아

일요일이었다. 아침에 라디오를 틀자 서울·경기권에 폭설주의
보를 알리는 날씨예보가 흘러나왔다. 뉴스를 들으며 미간이 찌
푸려졌다. 언제부터인지 눈이 오는 것은 그리 반갑지 않은 일
이 되었다. 구정물로 변한 거리에 어떤 신발을 신고 나갈지, 오
염된 눈을 머리에 맞았다가 탈모는 생기지 않을지, 폭설로 인해
교통체증이 생기지는 않을지, 뉴스를 듣는 내내 짜증 섞인 생각
이 떠올랐다. 이런 날은 집 안에 있는 게 상책이었다. 눈이 오는
거리로 아이를 데리고 나갈 생각을 하니 까마득했다. 그러나 시
댁과 식사를 약속한 날이었다. 늘 그랬듯 며느리는 결정권자가
아니었다.

출발할 때까지 눈이 오지 않자, 우리는 계획대로 파주 근방
으로 나들이를 나가기로 했다. 시아버지, 시어머니, 아주버니,

남편, 나 그리고 첫애까지 임진강 부근을 드라이브하고 산 속 고즈넉한 식당으로 들어갔다. 식당 주인은 우리를 창문이 없는 작은 룸으로 안내했다. 시아버지는 반주를 기울이며 아주 천천히 식사를 하는 타입이다. 식사는 두 시간 가까이 이어졌다. 나는 이제 갓 돌이 넘은 첫애를 아기 띠에 둘러매고 먹는 둥 마는 둥 밥을 먹었다.

아기를 데리고 외식을 하는 건 쉽지 않은 일이다. 아기가 울면 식당을 한 바퀴 돌았고, 울음이 잦아들면 한 입씩 떠 넣었다. 자리에 앉아 있는 시간보다 아기를 달래러 자리에서 일어난 시간이 더 길었다. 갑자기 아기가 대변이라도 누면 식사는 끝이었다. 화장실을 찾아 가까스로 엉덩이를 씻기고 수건으로 물기를 닦고 기저귀를 갈아주고 자리로 돌아오면 남은 음식은 차갑게 식어버렸다. 그릇에 놓인 차갑게 식어빠진 음식 몇 조각을 입에 대는 순간 남아 있던 식욕마저 사라져버렸다.

드디어 시아버지가 젓가락을 식탁에 내려놓았다. 기나긴 식사가 끝난 것이다. 다함께 식당 밖을 나서는데,

'오 마이 갓. 여기는 어디인가. 온통 하얀 눈 세상이다.'

예보는 틀리지 않았다. 아침에 들었던 폭설예보가 찌릿하게 뇌리를 스쳤다. 식당 안으로 들어가기 전 보았던 거리의 풍경은 새하얀 눈 속에 파묻혀 순식간에 사라졌다. 거대한 자연의

흐름은 때로 불안을 일으킨다. 불길한 기운이 섬뜩하게 온몸을 에워쌌다.

차에 올라 서둘러 집으로 향하기로 했다. 산 속에 위치한 식당에서 큰 도로로 나가려면 높은 언덕길을 올라가야 했는데 언덕이 무척이나 가팔랐다. 품에 아기를 안고 눈이 들어가지 않도록 최대한 고개를 숙였다. 가까스로 차에 탔지만 두려움이 일렁거렸다. 앞서 출발한 차량들이 하나같이 눈길에 주르륵 미끄러지고 있었다.

"삼십 분째 이 언덕을 올라가려고 했는데 쉽지 않네요. 타이어체인이 없는 차량은 아무래도 안 될 것 같아요."

어느새 언덕 주위로 사람들이 모여들었다. 어떤 사람들은 일찌감치 차를 포기하고 언덕 위 큰길가에 서서 히치하이킹을 하고 있었다. 우리도 서둘러 언덕을 올라갔다. 지금은 차를 포기하고 집에 가야 할 시점이었다. 지나가는 차를 향해 손을 흔들었다. 흰색 차량 한 대가 우리 앞에 섰다.

"죄송하지만 서울 시내로 가시면 지하철 역 아무데나 내려주실 수 있을까요?"

차에 타고 있던 친절한 부부는 흔쾌히 허락했다. 어린 아기가 있었기에 나와 아기가 먼저 차에 올랐다. 당연히 남편이 함께 탈 거라 생각했다.

"미안하지만, 나는 아버지, 어머니를 모시고 따라갈게. 잘 갈 수 있지?"

연로한 아버지와 어머니를 두고 먼저 길을 나선다는 건 그에게 쉽지 않은 일이었다. 더욱이 마음이 아픈 아주버니까지 부모님 곁에 있다. 순간 울컥하고 서운한 감정이 솟아올랐다. 그를 이해하려고 노력했지만 머릿속이 복잡해졌다. 생각은 또 다른 생각을 몰고 온다. 불현듯 이런 생각이 스쳤다. 만약 전쟁이라도 난다면 이 남자는 어떤 선택을 할까? 그때도 아내와 자식보다는 연로한 노부모가 먼저 아닐까. 그라면 충분히 그럴 것 같았다. 그는 지독한 효자니까.

결혼 초기에는 부모를 끔찍하게 위하는 그의 심성이 예뻐 보이기도 했다. 나는 나밖에 모르는 딸이었기에 부모를 생각하는 그의 마음이 맑아 보였다. 그런데 며느리라는 자리는 그의 맑은 심성을 나에게도 강요하는 자리였다. 원하지 않더라도 집안의 며느리로서 해야 할 일이 많았다.

기차 맞은편에 앉은 한 남자를 만나 단 두 달 만에 엄마가 되고 쉽지 않은 결혼 승낙을 받는 과정은 나를 누구보다 최선을 다하는 며느리로 만들었다. 정말 열심히 했다. 돌이켜보면 안쓰러울 정도로 열심이었다. 하루 걸러 하루 시어머니에게 안부 전화를 드리고, 격주에 한 번은 시댁과 식사를 했다. 시아버지

칠순잔치를 홀로 준비했고 가족사진을 모아 한 달 동안 동영상을 만들기도 했다. 사회자를 섭외하고 답례품을 정성스럽게 준비하는 등 시댁 일이라면 무조건 최선을 다했다.

"우리 아영이가 최고예요!"

시어머니는 칠순잔치 마지막에 마이크에 대고 친척들에게 나를 칭찬했다. 시어머니를 바라보며 천사 같은 미소를 지었다. 나는 이미 효자 아들의 착한 며느리가 되어 있었다.

얼마 전 성묘를 다녀왔다. 8년 전 그때와 똑같은 멤버다. 아니다, 세쌍둥이가 태어났으니 그동안 커다란 변화가 있었던 셈이다. 그러나 며느리의 역할은 줄어들지 않았다. 세쌍둥이를 출산한 해에도 시댁 제사를 했는데 그때도 제사음식을 만들어야 했다. 차마 아기들을 데리고 가서 음식을 만들 수 없는 노릇이고 제사는 지내야 하니 마음이 무거워 결국 아기들을 재우고 전날 밤 집에서 전을 만들어 가져갔다. 아침 여덟 시에 밥도 먹지 못한 채 시댁으로 건너가 하루 종일 제사 음식을 준비한 지도 어느덧 십 년이 되었다. 꼬치전, 동그랑땡, 새우전, 동태전, 온갖 전들을 홀로 만들어야 하기에 늘 기름이 튀어도 괜찮은 허름한 임부복을 입는다. 기름에 찌들어 흉측해진 몰골, 헝클어진 머리, 밀가루 범벅이 된 임부복. 십 년 전에도, 십 년 후에도, 바뀐 것은 하나도 없다.

이번 명절에 남편은 비행 스케줄이 있다고 했다. 설날부터 그 다음날까지 1박 2일 스케줄이라는 얘기를 듣는 순간 친정은 어떻게 해야 하나 걱정이 밀려왔다. 성묘를 가는 길에 엄마의 부재중 통화를 발견했다. 아니나 다를까 설날 이후에는 다 함께 모이기 힘드니 설 전날 저녁에 식사를 하면 어떻겠냐고 물어왔다. 명절 전날은 보통 온종일 제사음식을 만들고 시댁에서 함께 저녁을 먹는다. 일단 엄마에게 힘들 것 같다고 답했지만 여전히 마음이 쓰였다. 그런데 옆에서 듣고 있던 남편이 한마디를 꺼냈다.

"지난주에 처제 생일에 모인 거 아니었어? 어쩔 수 없잖아. 상황이 안 되면 못 갈 수도 있지."

갑자기 화가 치밀어 올랐다. 과연 시댁 일이었다면 그렇게 이야기했을까. 친정 일에 대해서는 무심하게 말하는 그가 야속했다. 자격지심일까, 무심하다는 기분은 곧 무시받는다는 기분으로 이어졌다.

그동안 사랑받는 며느리가 되기 위해 최선을 다했다. 시댁 일이라면 내 일처럼 신경 썼고 무슨 일이든 열심히 노력했다. 칭찬을 받으면 행복했다. 가족들의 기대에 부응하기 위해 최선을 다하는 것, 그것이 사회가 요구하는 며느리라는 자리였다.

가만히 쉴 수도 없고, 움직이지 않으면 눈치가 보이고, 아이에 대한 문제는 모두 엄마의 탓이 되어 돌아왔다. 그러나 사위는 달랐다. '백년손님'이라는 표현처럼 남편은 친정에서 눈치를 보지 않았고, 애쓰면서 일하지도 않았다. 피곤하면 작은 방으로 들어가 태연하게 낮잠을 잤고, 그 누구도 이 상황을 어색하게 느끼는 사람은 없었다. 사위가 피곤하면 쉬는 것은 아주 자연스러운 일이었다.

세쌍둥이가 태어나고 집안에서 고독한 육아를 이어가야 했던 여정은 나를 되돌아보는 시간이었다. 나는 무엇이든 잘하고 인정받고 싶어 칭찬에 늘 목이 말라 있는 사람이었다. 남들보다 잘살아야 했고, 더 벌어야 했으며, 더 가져야 했다. 최선을 다했고 운이 좋게 결과도 좋았다. 사회가 원하는 엘리트가 되기 위해 노력했고 대기업 입사는 그 노력에 대한 응당한 결과라고 생각했다. 하지만 하루아침에 실업자가 되고 나니 자괴감이 밀려왔다.

지난 십 년을 되돌아보니 과연 무엇을 위해서 달려왔는지에 대답을 할 수 없었다. 며느리 자리도 그러했다. 나에게 착한 며느리가 되라고 강요한 사람은 아무도 없었다. 내가 할 수 있는 이상으로 무리하라고 요구한 사람은 아무도 없었다. 효자 아들에 걸맞은 착한 며느리가 되기 위해 노력한 건 그 누구도 아닌 나였다. 그리고 그 시간 동안 상처받은 사람 또한 오로지 나였다.

〈힘 빼기의 기술〉이라는 책이 있다. 이 책을 읽으며 세상의 모든 일에는 힘을 빼는 것이 중요하다는 생각이 들었다. 힘을 주면 집착하게 되고, 기대하게 되며, 쉽게 상처받는다. 남편이 대수롭지 않게 뱉은 말에 나는 발끈했고 서운함을 토로했다. 힘을 너무 많이 줬기 때문이다. 힘을 줬기에 그만큼 받고 싶었던 것이다. 희생한 만큼 되돌려 받고 싶었던 것이다. 이제 나는 역할에서 힘을 빼기로 했다. 삶에서 힘을 빼면 세상을 조금 더 넉넉한 시선으로 바라볼 수 있지 않을까. 내가 할 수 있는 크기만큼만, 너무 애쓰지 않고 주어진 역할을 행하고 싶다. 역할이 나는 아니니까. 그 안의 내가 더 중요하니까.

효자 아들에 꼭 착한 며느리일 필요는 없다.

왜 나는 시어머니 앞에서 벙어리가 될까

어색한 공기가 회의실 안을 가득 메웠다. 회의실 안, 한쪽 테이블에는 김부장, 최부장, 김과장, 나 이렇게 네 명의 직원이 앉아 있었다. 내 말이 떨어지기 무섭게 김부장과 최부장은 경멸스러운 눈빛으로 나를 쳐다보았다. 그러나 나는 아랑곳하지 않고 말을 이어나갔다.

"다시 말씀드리지만, 저는 김과장님 업무 못 맡습니다. 이건 부당한 요구라고 생각합니다. 지난 2개월 동안 김과장님 업무를 도와드렸습니다. 그러나 김과장님은 변화된 게 없습니다. 분명히 말씀드리지만 김과장님은 못한 게 아니라 안 한 거라고 생각합니다."

나는 흥분을 참지 못했다. 내 목소리가 회의실 전체에 쩌렁쩌렁 울려 퍼졌다. 김과장은 고개를 숙인 채 말이 없었다. 가느

다란 한숨이 입술 사이로 새어나올 뿐이었다. 끝내 김과장은
한 마디를 뱉었다.

"죄송합니다. 모두 제가 부족해서예요."

그녀의 목소리에는 언제나 고상하고 우아한 기품이 흘렀다.
팀에 전입한 날, 그녀는 자신을 S대 교수 와이프라고 소개했다.
한눈에 보기에도 그녀는 부유하고 품위 있어 보였다. 가방과
옷가지, 악세사리까지, 온몸에는 언제나 명품이 휘감겨 있었
다.

김과장이 팀에 합류한 건 2개월 전이었다. 연년생인 두 아이
를 키우느라 육아휴직을 연이어 쓰고 복직한 그녀는 그래서인
지 실무 감각이 뒤떨어졌다. 그녀는 나에게 많이 의지했다. 툭
하면 자리로 불러 업무에 대해 물어보고 개인적으로 메일을 보
내 자료를 요구하기도 했다.

내 업무를 처리하기도 벅찬 시간에 그녀를 돕는다는 것은 쉽
지 않았다. 그러나 그녀는 나처럼 힘든 시간을 겪고 있는 엄마
였다. 그녀를 보며 동기들에게 뒤쳐져 복직했던 때가 떠올랐
다. 그녀를 도와주고 싶었다. 매번 참고할 만한 자료를 찾아 전
달해주고 때로 자리로 가서 업무를 가르쳐주기도 했다. 그러나
그녀의 요구는 끝이 없었다. 프로젝트 전체 목차를 만들어 달
라고 하는가 하면, 자신이 쓴 보고서가 괜찮은지 시시때때로

검토해달라고 했다.

"과장님, 보고서는 이대로 안 될 것 같아요. 전체적으로 수정하셔야 할 것 같습니다."

그녀가 쓴 보고서를 열어본 순간 연민은 사라지고 실망감이 차올랐다. 그녀의 보고서는 기존 자료를 토씨 하나 바꾸지 않고 그대로 복사해서 작성한 것이었다. 결국 2개월 동안 그녀는 업무를 전혀 진전시키지 못했다. 그렇게 일을 미루더니 새로운 프로젝트를 맡게 되자 결국 두 부장에게 기존 프로젝트를 나에게 넘기자고 제안한 것이었다. 나는 그 일을 맡을 수 없었다. 그녀는 못 한 게 아니라 안 한 것이었다. 단지 선배라는 권위 때문에 굴복하고 싶지 않았다.

"김대리, 회사 건너 커피숍으로 와."

김과장의 호출이었다. 커피숍 문을 여니 모퉁이 자리에 앉아 있는 그녀가 보였다. 천천히 그녀를 향해 걸었다. 왠지 그녀의 표정이 심상치 않았다. 팔짱을 낀 채 다리를 꼬고 있었고 흰자위가 보일 정도로 힘껏 눈을 치켜 올려 나를 노려보고 있었다.

"야, 너 눈 깔아! 내가 그렇게 만만한 줄 아냐! 너 내가 누군지 알아?"

자리에 앉자마자 거친 말이 튀어나왔다. 정신이 아찔해지고 심장은 빠르게 요동쳤다. 나는 애써 담담한 표정을 지었다. 감정보다는 이성이 필요한 순간이었다.

"과장님, 저는 이런 표현을 중학교 때 이후 처음 들어봅니다. 어떻게 그런 말씀을 하실 수가 있죠? 이 자리에 더 앉아 있을 필요성을 느끼지 못하기에 이만 일어나겠습니다."

그대로 자리를 박차고 일어났다. 고상하고 우아한 얼굴 뒤에 숨겨져 있었던 그녀의 진짜 얼굴을 보고 만 것 같았다.

그 사건 이후 사내에서 나에게 새로운 꼬리표가 붙었다. '할 말은 하는 애.' 고상한 김과장은 피해자 행세를 하며 소문을 더욱 풍성하게 만들었고 복도를 걸어가면 선배들의 싸늘한 눈초리가 등골을 서늘하게 만들었다. 그러나 부풀려진 소문에 일일이 대응하고 싶지 않았다. 스스로에게 떳떳하면 그것으로 족했다. 권위에 복종하지 않고 망설이지 않았으니까. 그게 나라는 사람이었다.

"우리 아영이는 웃는 게 참 예뻐!"

시어머니는 날 예뻐했다. 습관처럼 밝게 웃는 내 얼굴이 예쁘다고 했다. 나는 시어머니의 말에 한 번도 토를 달거나 말대답을 해본 적이 없다. 시어머니의 부름에는 무조건 응했고 거절할 생각은 감히 못했다. 그렇다. '감히'라는 글자가 시어머니와 나의 관계를 가장 잘 표현하는 단어였다. 시어머니가 매순간 어려웠다. 그래서 그녀를 대할 때면 매번 내 안에 꽁꽁 숨어 있던 또 다른 자아가 튀어나와 헌신적이고 순종적인 또 다른 나를 만드는 느낌이 들었다.

시어머니를 처음 마주했던 건, 갓 스물일곱이 된 1월의 어느 날이었다. 시어머니를 처음 본 날, 그녀의 눈빛을 아직도 잊을 수 없다. 그녀의 눈빛에는 '네가 내 아들을 이렇게 만든 장본인이냐, 네가 바로 그 아이냐'는 메시지가 담겨 있는 듯했다. 시어머니의 심기는 무척이나 불편해 보였고 눈빛은 달빛처럼 차가웠다. 아마도 생전 처음 보는 내 아들의 여자를, 그것도 단 두 달 만에 임신까지 해서 나타난 여자를 달갑게 마주하기는 힘들 것이다. 그러나 그날의 강렬한 기억은 우리 관계에 분명한 상하구조를 만들어냈다.

시어머니가 너무 어려웠다. 매번 어떻게 대답을 해야 할지 조심스러웠고 이렇게 대답하면 예의에 벗어나지는 않을지 고민되었다. 이따금씩 안부 전화를 할 때면 도통 무슨 말을 해야 할지 떠오르지 않았다. 평온하던 마음도 시어머니의 목소리를 들으면 세차게 흔들렸다. 그래서 전화를 걸기 전 어떤 이야기를 할지 노트에 미리 적어두곤 했다. 주요 화제는 뱃속에 있는 아이였다. 매주 산부인과에 들려 의사에게 들은 이야기들을 시어머니에게 전했다. 아이가 몇 센티미터나 자랐는지, 발달은 어떠한지, 초음파 사진은 어땠는지. 주로 이런 이야기들이었다. 그마저도 가끔은 대화가 이어지지 않는 경우도 생겼다. 단 몇 초간의 정적이 어찌나 길게 느껴지던지 순식간에 진땀이 흐르고는 했다. 정적이 온몸을 감싸는 순간 내가 할 수 있는 것은 단 하나였다. 그저 웃는 것. 웃음은 어떤 어색함도 이겨낼 수 있는 유일한 무기이기에. 그렇게 나는 웃는 아이가 되었다. 밝고 상냥하고 착한 아이. 언제나 말 잘 듣는 아이.

"마음에 드는 옷 아무거나 골라 봐. 사줄 테니."

첫애를 낳고 오십 일쯤 되었을 때 시어머니는 나를 데리고 백화점으로 향했다. 출산하느라 고생했으니 예쁜 옷을 사주고 싶다고 했다. 갑작스러운 시어머니의 방문에 나는 옷도 제대로 걸치지 못한 채 졸졸 따라나섰다. 그리고는 시어머니와 백화점을 몇 번이나 돌았다. 하지만 결국 옷 한 벌을 제대로 고르지 못한 채 집으로 돌아왔다. 이 옷이 마음에 든다고, 이 옷을 입어보겠다고 이야기할 작은 용기조차 없었다.

시어머니는 나를 딸처럼 여기며 항상 따뜻하게 대해주었다. 나 또한 시어머니의 마음이 감사했고, 평범한 고부관계와 달리 그녀를 존경하기도 했다. 삼형제를 키운 시어머니는 매우 강인하고 꼿꼿한 분이었다. 하지만 이상하게도 왠지 모를 안쓰러움을 느꼈다. 그녀가 걸어온 삶은 강해 보이지만 때로 연약한 물결이었다. 가슴에 큰아이를 묻었고 연이어 둘째의 자폐를 알게 되었다. 자세한 내막은 더 묻지 않았다. 단지 이 사실만으로도 그녀가 얼마나 고통스러운 삶을 살았을지 절절히 느꼈기 때문이다.

순탄치 않은 나의 삶과 그녀가 걸어온 삶은 닮아 있었다. 아니, 시어머니에게는 나보다 훨씬 깊은 마음의 상처가 있었을 것이다. 자폐아를 키웠던 지난한 여정, 시어머니는 그 아픔을 소설로 승화했다. 그녀는 삼십 년 전 신춘문예로 등단한 뒤 지금까지 소설을 쓰고 있다. 공교롭게도 글 쓰는 삶을 시작하게 된 나는 시어머니가 왜 평생 글을 썼을까, 하는 생각을 가끔 한다. 아들 넷을 키우며 가슴속에 차오르는 감정들을 어디론가 토해내고 싶어 무작정 글을 썼던 나처럼, 아마 젊은 시절의 시어머니도 슬픔과 상처를 자음과 모음에 꾹꾹 눌러 담아 견뎠을 거라는 생각이 든다.

시어머니를 보면 안쓰럽다. 먼저 다가가 손을 잡아주고 고생하셨다며 안아주고도 싶다. 그녀가 나에게 내밀었던 따뜻한 손도 기억한다. 그러나 나는 여전히 그녀 앞에서 자연스럽지 못하다. 고생했다고, 걱정 말라고, 따스하게 손을 내밀지 못한다. 가끔씩은 표현하지 못하는 바보 같은 내가 원망스럽다. 무력함에 속상하기도 하다. 그러나 어려움은 쉽게 사라지지 않는다.

아니, 절대 깰 수 없을 것이다. 시어머니와 며느리는 엄마와 딸이 아니기에.

당당하고 거침없던 김대리는 도대체 어디로 간 걸까. 설거지를 하다 잠시 눈을 감으면 과거의 기억이 파편처럼 공기 중에 흩어져버렸다. 언제부턴가 나는 겁 내고 주저하며 목소리조차 제대로 내지 못했다. 어려움이라는 벽을 핑계로 나아가지 못하고 눈에 띄지 않는 어딘가로 숨었다. 가끔씩 설명할 수 없는 공허함이 파도처럼 밀려와 마음 이곳저곳을 휩쓸 때면 뜨거운 것이 목구멍에 차올라 눈물이 흘러내렸다. 늘 자신감 넘치고 표현에 인색하지 않던 과거의 나는 어디로 간 걸까. 어디에도 나는 없었다. 나를 잃어버린 것 같았다.

〈며느리 사표〉라는 책에 보면 이런 글이 나온다.

> 여자는 용기를 냈습니다. 남편을 내렸습니다. 남편의 아버지 어머니를 내리고 아이들도 내렸습니다. 그리고 등을 내주지 않았습니다. 내리고 보니 그들이 업힌 것이 아니라 여자 스스로 업었다는 것을 알았습니다.

이 글을 읽고 깨달았다. 어쩌면 아이들을 업은 건, 남편을 업은 건, 시어머니를 업은 건 바로 나 자신이었음을. 그 누구도 그들을 업으라고 하지 않았다. 시어머니와 나 사이의 강력한 상하구조를 만든 것도, 어려움을 깨지 못하고 늘 뒤에 숨어버린 것도, 누군가의 엄마, 누군가의 아내, 누군가의 며느리라는 역할에 자신을 가두었던 것도, 그렇게 스스로를 저 깊은 구렁에 가둔 것도 바로 나 자신이었다.

이제는 내려야 했다. 그들을 업은 게 나였듯 그들을 내릴 사람 역시 누구도 아닌 바로 나였다. 아마 시간이 걸릴 것이다. 완벽하게 나를 찾지 못할지도 모른다. 그러나 나는 안다. 업는 것보다 내리는 것이 쉽다는 것을.

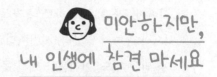

아빠의 입술이 묘하게 움직이며 무슨 말을 하려 하고 있었다. 아빠의 못마땅한 시선이 온몸을 날카롭게 찔러댔다. 불 보듯 뻔했다. 이 정적은 잔소리가 튀어나올 타이밍이다. 오늘도 제대로 식사하기는 글렀다.

"도대체 언제 취업을 할 건데? 이렇게 해서 취업이 되기는 하겠냐!"

집이라는 공간이 한없이 답답하게 느껴졌다. 졸업 이후 하루도 쉬지 않고 계속되는 아빠의 잔소리에 가슴 한편에 묵직한 돌덩이가 자리 잡은 것 같았다. 아빠와 마주하는 밥상은 고역이었다. 밥이 아니라 돌을 씹는 시간 같았다. 결국 아빠를 똑바로 쳐다보지 못한 채 고개를 푹 숙였다.

"이번에도 안 되면 아빠가 아는 지인 회사에 들어가라. 아빠도 백방으로 힘을 써볼게."

또 그 이야기였다. 졸업한 지 이제 겨우 몇 개월밖에 지나지 않았다. 일 년을 논 것도 아니고, 집에 처박혀 무기력하게 늘어진 것도 아니었다. 이른 아침부터 취업 스터디를 하고, 백방으로 취업 원서를 넣고, 이따금 시험과 면접을 보러 다녔다. 요즘 같은 불황에 바로 취업이 되는 사람은 드물었다. 그렇다고 아무 회사에 들어가고 싶지는 않았다. 첫 직장인만큼 신중하고 싶었고, 새로운 시작인만큼 내 힘으로 헤쳐 나가고 싶었다.

"아뇨. 제가 할 거예요. 제 힘으로 들어갈 거라구요. 실패해도 제 실패에요. 제 인생은 제가 결정할 거예요."

밥 한 공기를 끝내지 못하고 집밖으로 뛰쳐나왔다. 한여름의 태양이 지평선 너머로 사라지고 있었고 하늘에는 붉은 석양이 깔렸다. 자전거를 타고 한강을 달렸다. 삼십 분을 달려 성산대교에 도착했다. 주황색 성산대교 밑 강둑에 걸터앉았다. 이어폰 너머로 사라 브라이트만과 안드레아 보첼리가 부른 'Time to Say Goodbye'가 흘러나오고 있었다.

'도대체 언제 될까. 좁은 취업문은 언제쯤이면 나에게 작은 틈을 허용해줄까.'

주변에 있던 돌을 집어 강을 향해 힘껏 던졌다. 잔잔한 물결 사이로 조용히 파문이 일다 이내 고요를 찾았다. 벌써 여섯 번의 최종면접에서 탈락의 고배를 마셨다. 낙방을 할 때마다 괴로웠지만 아무렇지 않게 일상을 찾아야 했다. 고요해진 강물 표면에서 빛나고 있는 윤슬을 물끄러미 바라보았다. 윤슬은 자신의 온몸을 바쳐 나에게 위로를 건네주는 듯했다. "언젠가는 너도 밝게 빛날 거라고, 찬란한 빛깔을 갖게 될 거라고, 그러니 용기를 가지라"고 말하는 것 같았다. 눈물이 뺨을 타고 흘러내렸다. 불안함, 막막함, 흔들림, 답답함이 눈물이 되어 흘러내렸다. 지금 내가 삶의 어디쯤에 있는지, 얼마큼 더 가야 하는지 누군가에게 묻고 싶었다. 스물다섯의 삶은 거친 파도에 휘말린 것처럼 위태로웠다.

"올해 4월까지래. 한번 해봐."

세쌍둥이를 출산하고 얼마 후 갑작스럽게 언니로부터 전화가 왔다. 다름 아닌 어린이집 원장에 도전해보라는 것이었다. 얼마 후부터 어린이집 원장에 대한 자격요건이 강화되어 오프라인 교육 및 실무시간이 늘어난다고 했다. 아들 넷을 키우며 앞으로 회사에서 일하기는 힘들 테니 시간이 유동적인 다른 직업을 알아보라는 것이었다.

"네 아이들도 같이 키우면 되잖아. 얼마나 좋니. 돈도 벌고 애도 키우고. 일석이조야!"

언니의 조언은 실리적인 제안이었다. 아이들을 내 손으로 키우며 돈도 벌 수 있으니 이 얼마나 좋은 기회란 말인가. 그런데 어린이집은 내가 상상했던 인생의 그림에는 단 한 순간도 존재하지 않았다. 누군가 내 인생을 계획한다는 것 또한 어색할 만큼 낯선 일이었다. 가슴이 움직이지 않았다.

"공무원 준비는 어떠니? 애들 어린이집 보내면서 시간이 생겼으니 천천히 준비해봐. 아직 젊잖아. 애들 좀 더 키우고 그때 들어가는 걸로."

이번에는 시어머니의 조언이 이어졌다. 초등학교 교사로 정년퇴임했던 시어머니는 무엇보다도 안정된 직업을 강조했다. 아이들을 키우면서 월급을 받으며 일과 삶의 균형을 유지하기에는 공무원만 한 직업도 없을 터였다. 그러나 이번에도 가슴이 전혀 움직이지 않았다.

"여보, 여유 있을 때 공인중개사 자격증을 준비해보는 건 어때?"

그러던 어느 날, 남편이 한 마디를 뱉었다. 그는 공인중개사가 평생 직업이라고 말하며 정년 없이 계속 할 수 있다고 설명했다. 시간도 유동적이라 아이들을 돌보며 충분히 병행할 수 있는 일이라고 덧붙였다. 사실 대학 동기 중 공인중개사를 하고 있는 친구가 있다. 부모가 공인중개사였던 그 친구는 부모의 설득으로 대학교 때 이미 자격증을 취득했다. 대학교를 졸업하고 몇 년 동안 직장생활을 했던 그녀는 임신을 하고 직장을 그만두었다. 지금은 두 아이를 키우며 부동산을 운영하고 있다. 이따금 그 친구에게 연락을 하면 그녀도 비슷한 말을 했다.

"아영아, 인생은 길게 봐야 해. 아이 키우면서 병행할 수 있는 이만한 직업은 없어. 지금이라도 준비해봐." 그녀의 목소리에는 언제나 확신에 차 있었다.

"그런데 여보, 이 길은 살면서 단 한 번도 생각해보지 않은 길이야. 내 적성과도 관계 없고. 왜 꼭 해야 하는 건데?"

남편의 제안을 우회적으로 거절해보았다. 그러나 그의 반응은 냉랭했다.

"당신은 아쉬운 게 없는 것 같아. 인생은 길어. 지금 젊을 때 이런 자격증이라도 미리 따놓으면 나중에 득이 될지 어떻게 알아? 사람은 자기가 좋아하는 것만 하고 살 수는 없어. 이럴 때 보면 순진한 건지 도대체 알 수 없다니까, 참."

그의 말은 틀린 게 없었다. 사실 대기업을 퇴사한 후 나에게 남은 건 없었다. 누구보다도 열심히 살아왔다고 자부했건만 그 흔한 국가공인 자격증 하나 없었다. 만료된 토익 점수, 쓸데없는 민간 자격증, 경단녀, 아들 넷 엄마. 이것들이 나라는 존재를 표현할 수 있는 단어였다. 과연 다시 일할 수 있을까. 삼십대 중반의 아들 넷 엄마인 내가 할 수 있는 건 무엇이 남아 있을까. 좀처럼 떠오르는 게 없었다. 10년 만에 다시 진로를 고민했다. 10년 전에는 내가 하고 싶은 게 무엇인지가 가장 중요했는데, 이제는 아이들을 기관에 보낸 틈새 시간을 활용할 수 있는가가 가장 중요한 요소가 되었다.

엄마로서 할 수 있는 일은 한정적이었다. 프리랜서로 활동할 수 없다면 방과 후 지도교사, 학원 강사, 공부방 창업 등 교육 시장에 뛰어들거나 캐셔, 보험 영업, 전화 상담 등 파트타임으로 일하는 경우가 대부분이었다. 몇몇 직업들을 겨우 떠올렸지만 마음이 내키지 않았다. 괜한 자존심이란 걸 안다. 그러나 치열하게 살았던 지난 노력에 비해 지금 내가 할 수 있는 건 초라하기만 하다. 얼마 전, 모 학교의 방과 후 지도교사 공고에 지원한 대부분의 지원자가 석사 출신이라는 이야기를 들었다. 한 명을 뽑는 자리에 무려 8명의 석사 출신 지원자가 몰렸다고 한다. 석사, 박사가 되어도 여성들의 종착역은 대부분 '엄마'라는 자리다.

"여보, 내 인생이야. 내 인생. 내가 지금 일을 못 해서 집에서 이러고 있는 줄 알아? 나 당장이라도 나가면 일할 수 있어. 돈 벌 수 있다고. 왜 내 인생을 다들 가만히 두지 못해서 안달인데.

왜 다들 내 인생에 참견인데!"

가슴속 깊은 곳에서부터 뜨거운 울화가 치밀어 올라 분출되고 말았다. 자존심이 땅 끄트머리로 추락해버리는 느낌이었다. 닭똥 같은 눈물이 뺨을 타고 흘러내렸다. 심장이 벌렁대며 가슴팍이 쉴 새 없이 요동쳤다. 잔뜩 흥분한 내 얼굴을 보며 남편의 얼굴이 사색으로 변했다.

"왜 정색하고 그래? 난 그냥 그렇다는 거지. 그렇게 싫으면 안 해도 돼. 뭐. 그냥 좋은 기회니까. 당신이 아이들 보내고 시간 여유가 있기도 하고."

대체 나라는 사람은 어떤 존재일까? 아들 넷을 혼자 키워내고 아이들이 어느 정도 안정을 찾아가니 이세 집에서 돈이나 축내고 빈둥대며 시간을 보내는 존재로 보이는 것일까. 어느 자리든 적당한 건수가 생기면 언제든 집어넣을 수 있는 잉여인간인 것일까. 이성적으로 생각하면 그 제안은 가혹하지 않을 수도 있다. 그러나 그 얘기를 건네기 전 상대방이 느끼게 될 좌절감을 단 한 번이라도 생각해보기나 했을까? 상황을 진화시키려는 남편의 대답은 더 큰 무력감을 안겼다. '그냥'이라는 단어가 비수가 되어 가슴 정중앙에 내리꽂힌 것 같았다. 인생이라는 커다란 무대에서 내가 서 있어야 할 자리를 온전히 잃는 느낌이었다.

캄캄한 방구석에 홀로 누워 눈을 감았다 뜨기를 반복했다. 눈을 감아도 떠도 깜깜했다. 경단녀이자 아들 넷 엄마가 된 내게 과연 희망이 남아 있을까? 또다시 암흑 같은 터널 속에 갇힌 느낌이었다. 그때 불현듯 십여 년 전 찾았던 성산대교가 떠올랐다. 흘러가는 강물을 하염없이 바라보며 울었던 젊은 나의 모습, 가느다란 빛조차 새어나오지 않았던 불투명한 미래.

그러나 삶은 이어졌고 어두컴컴한 터널에도 끝이 있었다. 어쩌면 스물다섯의 나보다 서른다섯의 내가 삶을 훨씬 더 밀도 있게 채워나갈 수 있으리라는 막연한 생각이 들었다. 지금 내가 가진 것이 비록 하찮게 보일지라도 아들 넷 엄마로서 삶의 경험치는 앞으로의 삶을 더욱 풍성하게 만들 거라는 확신이었다.

다시 걸어보기로 했다. 캄캄한 터널을 걷다보면 언젠가 실낱같은 빛 한 줄기를 만나게 될 것이다. 삶이 있는 한, 희망은 있을 것이다. 사람마다 꽃피는 시기가 다르고, 저마다의 걸음걸이가 있듯, 내가 가진 꽃 봉우리는 단지 꽃을 피우지 않았던 것뿐이다. 그렇게 나는 자리를 박차고 일어섰다.

4부

부

전업맘으로 다시 꿈을 찾다

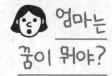

엄마는 꿈이 뭐야?

쉽사리 입이 떼어지지 않았다. "꿈이 무엇이냐"고 묻는 아이의 질문에 나는 어떤 대답도 할 수가 없었다. 아이의 입에서 '꿈'이라는 단어가 흘러나온 순간 커다란 망치로 뒤통수를 세게 얻어맞은 느낌이 들었다. 아이의 초롱초롱한 눈을 정면으로 바라볼 수가 없었다. 그 눈빛을 마주하는 순간 벼랑 끝 낭떠러지로 떨어질 것만 같았다.

"엄마는 꿈이 뭐야? 엄마? 아님, 회사원?"

아이는 자신이 떠올릴 수 있는 모든 것을 총동원해 다시 질문했다. 그러나 이번에도 나의 입은 도통 움직일 생각이 없다. 뭐라고 이야기해줘야 할까, 입을 잠시 오물거리다 포기했다.

굳게 다문 입은 목표를 잃은 나의 삶과 닮아 있었다. 다시 꿈 꿀 수 있을까. '꿈'이라는 단어를 아이의 입에서 전해들은 순간

표현하기 힘든 공허함이 가슴을 헤집어 놓았다. 앞으로 과연 어떤 꿈을 꿀 수 있을까. 나에게 꿈이란 게 남아 있기는 한 걸까. 가시가 목에 걸린 것처럼 답답했다. 삼킬 수도 없고 뱉을 수도 없는 가시. 그것은 꼭 내 나이 같았다.

"얘들아, 너희들은 꿈이 뭐니?"

"제 꿈은 의사입니다. 왜냐하면 저희 아빠가 의사이기 때문입니다."

"제 꿈은 변호사입니다. 왜냐하면 저희 아빠가 변호사이기 때문입니다."

"제 꿈은 선생님입니다. 왜냐하면 저희 엄마가 선생님이기 때문입니다."

첫애의 태권도 심사가 있던 날, 아이들은 각자 꿈을 발표하는 시간을 가졌다. 학부모들은 원형으로 둘러앉아 아이가 과연 어떤 직업을 이야기할지 호기심 어린 눈빛으로 바라보았다. 눈에는 기대감이 가득했다. 태권도장의 위치가 강남에서도 치맛바람이 거세다는 동네여서일까. 아이의 꿈을 발표하는 시간이 아니라 마치 부모의 직업을 발표하는 시간처럼 들렸다. 아이들의 발표는 천편일률적이었다. 목소리에는 고유의 색깔이 없고 동일한 주형에 찍어낸 듯 똑같은 모양이었다. 발표를 듣고 있자니 기분이 이상해졌다.

"제 꿈은 정육점 사장입니다. 왜냐하면 저는 고기를 무진장 좋아하기 때문입니다."

한 아이의 입에서 정답 같지 않은 대답이 흘러나왔다. 여기 저기에서 웃음이 터져 나왔다. 아이 엄마는 어색하게 웃으며 민망한 표정을 지었다. 아이의 대답은 부모가 원했던 답이 아니었다. 얼굴이 벌겋게 달아오른 그 엄마의 표정을 바라보며 나는 웃을 수가 없었다. 이 순간 아이들에게 어른들이 정답과 정답이 아닌 삶을 가르쳐 주고 있다는 생각에 부끄러움이 차올랐다.

'정답 같은 삶, 그리고 정답 같지 않은 삶.'

꿈이 무엇이냐는 질문을 하면 대부분의 아이들은 특정 직업을 이야기한다. 그것은 어릴 때부터 사회가 원하는 대로 대답하도록 학습되었기 때문이다. 부모는 아이가 엘리트가 되기를 바란다. 안정된 길을 걸으며 이 사회가 이야기하는 성공이라는 그림에 걸맞게 성장해주기를 바란다. 정해진 틀에서 조금이라도 벗어났을 때는 불안함과 두려움을 느낀다. 십대에는 무조건 좋은 대학을 가기 위해, 이십대에는 무조건 좋은 직장에 들어가기 위해, 삼십대에는 무조건 승진을 위해, 사십대에는 무조건 직장에서 살아남기 위해 우리는 사회가 바라는 대로 목적

없이 달리고 있다. 진정한 내 자신을 들여다보지 않은 채 주변을 의식하며 조금이라도 뒤쳐지면 어떻게 따라잡을까를 생각한다.

나도 그렇게 달렸다. 부모님에게 자랑스러운 딸이 되기 위해, 남보다 뒤쳐지지 않기 위해, 자신을 들여다보지 않은 채 무조건 앞만 보고 뛰었다. 삶은 곧 경쟁이었다. 학점 4.01, 토익 930점, 158:1 경쟁률을 뚫고 국내 1위 해운 기업 입사. 그렇게 나는 내 앞에 나열되는 숫자들을 바라보며 성공한 삶을 살고 있다고 자신했다. 꿈을 이뤘다고 착각했다.

"무조건 대기업에 고액 연봉이지!"

나에게 취업은 전부였다. 취업이라는 거대한 목표만 달성하면, 취업문이라는 아주 작은 바늘구멍만 통과하면 인생은 유유히 흘러갈 것이라 믿었다. 너무나도 당연하게 안정된 직장을 정답이라고 생각했다. 사람들의 시선, 사회적 지위, 고액 연봉. 이 모든 것을 충족해야 성공이라고 굳게 믿었다. 거대한 행렬에 편승해 목적을 잃은 채 경쟁했다.

결국 취업에 성공하고 8년 후, 철옹성 같이 단단하다 믿었던 기업은 하루아침에 사라져버렸다. 동시에 내 알량한 믿음도, 그 알량한 믿음에 쏟아 바친 수많은 시간도 산산조각이 나버렸다.

다시 세상 밖으로 내던져진 순간 깨달았다. 취업만이 목적이면 안 된다는 것을. 인생의 목표를 이루기 위해 회사라는 배를 타고 항해하는 것이지, 회사라는 배를 목표로 무작정 승선하면 망망대해에서 길을 잃어버린다는 것을. 실오라기 하나 걸치지 않은 채로 세상에 내던져지고서야 그 숫자들이 무의미했음을 깨달았다.

삶에서 숫자를 지워봤다. 고액 연봉, 대기업, 학점. 지우개로 쓱쓱 지우듯 숫자들을 하나씩 지우자 나라는 사람은 눈을 뜨고 볼 수 없을 만큼 초라해 보였다. 삼십대 중반의 나이였지만 딱히 재능이라고 내세울 것조차 하나 없는 삶이었다.

그동안 누구보다 정답 같은 삶을 살기 위해 최선을 다했다. 그러나 결국 인생은 정답 같지 않은 삶의 모습으로 흘러갔다. 정답이라고 믿었던 숫자들은 파도에 부서지는 물거품처럼 하루아침에 사라져버렸다. 정답은 애초부터, 그 어디에도 없는 것이었다.

눈에 힘을 주고 다시 나를 바라보았다. 거울에 비친 내 얼굴이 안쓰러웠다. 얼굴에는 잔주름이 져 있고 눈 아래에는 거무튀튀한 기미가 앉아 있다. 머리에는 군데군데 흰머리가 튀어나와 있다. 세월을 그대로 맞은 나는 어느덧 삼십대 중반의 엄마가 되었다. 삼십여 년의 세월 동안 과연 나는 얼마나 온전한 나로 살아왔던가. 갑자기 눈물이 터져 나왔다. 거울에 비친 낯선 여자가 쓸쓸하게 느껴졌다. 나를 온몸으로 안아주고 싶었다.

'그래. 너는 누구보다 잘 살아왔어. 지금 잠시 길을 잃은 것뿐이야. 곧 길을 찾을 거야.'

꿈이 뭐냐는 아이의 물음에 선뜻 대답하지 못하고 입을 다문 내가 한심했다. 그러나 아이의 물음에 가슴이 꿈틀댔다. 꿈이라는 단어를 마주한 순간 한겨울 속에서도 나에게 억누를 수 없는 여름이 있다는 것을 깨달았다. 다시 꿈을 찾기로 했다. 단한 번만이라도 가슴 떨리는 무언가를 찾았으면 좋겠다고 생각했다. 정답이 아니어도 좋으니.

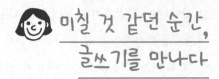

미칠 것 같던 순간,
글쓰기를 만나다

세쌍둥이가 태어난 후 삶은 치열한 전쟁터로 바뀌었다. 온 집 안은 아이들의 울음소리로 가득 찼다. 하루 종일 끊이지 않는 아이들의 울음소리를 들을 때마다 가슴이 미칠 듯이 답답해져 왔다. 가슴속에서부터 끓어오른 화는 어느 순간 분출되어 천장 끝까지 튀어 올랐다가 풀리지 않는 응어리가 되어 파고들었다.

"제발! 조용히 해! 더 이상 어떻게 하라고! 어떻게!"

아이들의 울음이 수그러들지 않자 나의 목소리는 더욱 날카로워졌다. 어떤 때는 손끝부터 발끝까지 온몸에 힘을 주고 집이 떠나갈 것처럼 소리를 지른 적도 있다. 육아는, 더욱이 아들 넷의 육아는, 매번 나를 극한으로 치닫게 했다. 첫애를 키우면서 엄마로서 단단해졌다고 생각했지만, 도돌이표처럼 무한 반복되는 나날을 견디기에 나라는 존재는 아직 한참은 더 여물어야 할 나약한 인간이었다. 아이들에게 소리칠 때마다 끝이 보이지 않는 낭떠러지로 추락하는 느낌이 들었다. 스스로를 통제하지 못하고 순간의 감정에 지배되는 나의 모습은 아이들에 대한 미안함, 자신에 대한 자책감, 미래에 대한 막막함 등 복합적인 감정을 만들어내며 스스로를 괴롭혔다.

가슴속을 빽빽이 채운 감정들은 어느 순간부터 첫애를 향해 여과 없이 분출되었다. 아이는 눈앞에 꼼지락거리는 세 명의 아기들을 인형처럼 신기하게 바라보았고, 가끔씩은 엄마가 보지 않는 틈을 타 머리를 툭 때리거나 볼을 꼬집었다. 그것은 일곱 살이 충분히 할 수 있는 행동이었지만 당시 아이를 너그러이 이해할 마음의 여유가 없었다. 이상하게 첫애를 보면 화가 났다. 화가 날수록 아이에게 더욱 엄격하게 대했고, 높은 잣대를 들이밀었다. 아이가 우유를 마시다 조금 흘려도, 실수로 과자 봉지를 엎어도 나는 눈꼬리를 매섭게 치켜세웠다. 소리를 지르며 아이의 등을 세게 때렸다. 울컥 치솟는 감정 덩어리에 혼잣말처럼 욕이 튀어나왔다.

어느 날 우연히 아이에게 화내고 있는 거울 속 내 모습을 보았다. 그 모습은 어릴 적 너무나도 무서웠던 아빠의 화가 난 얼굴과 닮아 있었다. 그 순간, 다리에 힘이 풀려 자리에 털썩 주저앉고 말았다. 괴물이 되어 무너져내린 나의 모습이 처참하게 느껴졌다. 뜨거운 눈물이 두 눈을 가득 메웠다. 우는 아이들을 바라보며 나도 바닥에 주저앉아 한참을 울었다.

견뎌야 했다.

아들 넷 엄마라는 운명은 스스로가 극복해야 할 거대한 산이었다. 그 산을 올라야 했다. 맨발에 피투성이가 될지라도, 가끔은 길을 잃는다 해도, 어둠이 찾아와 사방이 두려움으로 가득하더라도, 그 산을 올라야 했다. 그것은 거역할 수 없는 당장의 현실이었다. 하루하루 가슴에 무언가 쌓이고 썩어 문드러지는 것도 모르고 그저 견뎠다. 그러나 그날 나는 처음으로 두려움을 느꼈다. 차오른 감정들을 어디론가 쏟아내지 않으면 정말 미쳐버릴 수도 있을 것 같다는 생각이 들었다. 찰랑찰랑. 턱밑까지 바닷물이 차올랐다. 숨을 쉬기 힘들었다.

두려웠다. 견딜 수 없을까봐. 포기해 버릴까봐.

이대로는 살 수 없을 것만 같았다. 커다란 돌덩어리에 짓눌리는 듯한 기분에서 벗어나야 했다. 가슴속을 가득 메운 온갖 찌꺼기를 쏟아낼 무언가가 필요했다. 그러나 24시간 아이들과 지지고 볶는 처절한 독박육아의 전쟁터에서 해소할 곳을 찾기란 힘들었다. 하루 한 시간 온전한 나만의 시간을 갖기도 힘든, 차갑게 식어 돌덩이 같은 밥 한 숟갈 넘기기도 버거운 일상이었으니.

결국 내가 할 수 있는 건 고작 가슴이 답답할 때마다 사력을 다해 온갖 딴 생각을 하는 일이었다. 순간의 감정에 동요되지 않도록, 전쟁 같은 이 상황에 휘말리지 않도록, 어느 순간 폭발하지 않도록, 매순간 냉정을 찾기 위해 노력했다.

아이들이 울어댈 때마다 억지로 다른 생각을 떠올렸다. 어린 시절의 추억, 무엇이든 할 수 있을 것만 같았던 청춘의 기억, 남편을 만나고 첫애를 키웠던 시간들…. 지금까지 걸어온 인생의 발자취들을 더듬으며 서랍 속 깊숙이 숨어 있던 먼지 묻은 기억들을 꺼내어 보았다.

'나에게도 이런 시절이 있었지. 나도 한때는 이렇게 할 수 있었지. 그때 나 참 예뻤지. 풋풋했지. 즐거웠지….'

입가에 희미한 웃음이 번졌다. 아이들의 울음소리가 온몸을 찔러대도 조금은 견딜 만했다. 잊고 있던 시간들이 푸른 새순이 돋듯 생각의 가지에 피어오를 때면 그것들을 다시 마주하게 되어 행복했다. 잊고 있던 감정들이 새록새록 되살아났다. 설렘, 풋풋함, 떨림, 열정, 용기. 그것들을 붙잡고 싶었다. 그 시간의 나를 붙잡고 싶었다. 찬란했던 시간들을 붙잡아 두고 싶었다.

그렇게 나는 글쓰기를 만났다. 매일 글을 썼다. 처음에는 기억을 붙잡아두고 싶은 마음에 시작했지만 이상하게도 쓰면 쓸수록 마음이 차분해졌다. 글을 쓰며 내 안으로, 안으로 조금씩 들어갔다. 어느 순간부터였을까. 내가 보이기 시작했다. 글쓰기는 단순히 글을 쓰는 행위를 넘어 투명한 거울처럼 나 자신을 들여다보게 해줬다. 유년 시절의 상처, 엄마로서의 부족함, 아이들에 대한 사랑, 나에 대한 이해 그리고 삶의 가치.

글을 쓰면서 나를 온전히 알아가고 이해하게 되었다. 처음에는 불완전과 결핍으로 가득한 자신을 인정하기가 고통스러웠다. 그러나 부족한 내 모습을 자각하고 수용하자 그동안 내가 왜 우울했는지, 화가 났는지, 좌절했는지, 슬펐는지 등 온갖 부정적인 감정들이 조금씩 이해되기 시작했다. 이상하게도 마음을 짓눌렀던 무거움이 조금씩 사라지는 느낌이 들었다. 가슴속에 쌓여 있던 마음의 찌꺼기를 글을 통해 미친 듯이 쏟아내었다. 매일 쓰고 또 썼다. 글을 쓰며 내가 그동안 많이 아팠다는 것을 깨달았다. 글을 쓰며 내 안에 쌓이고 쌓여 문드러진 가슴속 응어리들을 보았다. 고립된 감정들은 글이라는 그릇에 담겨 세상에 분출되었다. 글쓰기는 독박육아의 처절함을 쏟아냈던 유일한 돌파구였다.

글을 쓰며 고된 육아의 시간을 버텼다. 매일 밤, 무너져내릴 듯 위태로운 나를 글쓰기를 통해 가까스로 일으켜 세웠다. 쓰지 않으면 내가 소멸될 것 같았다. 글이 나를 쥐었다. 쓰면 쓸수록 마음은 고요를 찾고 생각이 선명해졌다. 상처받은 마음에는 새살이 돋아났고 정신은 또렷해졌다. 그렇게 나는 지치고 힘들었던 일상의 중력으로부터 벗어나 사색의 바다에 풍덩 몸을 던졌다.

하버드 의대에서 발행하는 온라인 소식지 〈헬스 비트〉에 따르면 글쓰기를 통해 깊은 감정을 드러내는 것은 기분을 나아지게 할 뿐 아니라 면역 기능을 향상시킨다고 한다. 육아는 많은 엄마들을 삶의 벼랑으로 내몰며 괴물 같은 자신의 모습과 마주하게 한다. 엄마들이 산후 우울증을 경험하는 것은 인정하기 싫은 자신의 단면을 받아들여야 하기 때문이다. 쉽게 지치고, 짜증내고, 우울하고, 무기력하고, 분노하고, 쓸모없는, 내가 아닌 것만 같은 나의 모습. 그렇게 쌓이고 쌓인 감정들은 어느새 자신을 집어삼킬 수도 있다.

가끔 산후우울증으로 극단적인 선택을 하는 엄마의 뉴스를 보면 안타까운 마음이 든다. 글쓰기를 만나지 못했다면 과연 나는 아들 넷 육아를 견딜 수 있었을까. 감정이 이성을 완전하게 지배한 순간, 우울한 기분이 모든 일상을 잠식한 순간, 나도 더 이상 견디지 못하고 무언가 일을 저질러 버렸을지도 모른다. 그들과 나는 얼마나 달랐던 걸까. 극단적인 뉴스를 보며 혀를 찼던 나 또한 얼마나 바르게 육아를 해왔다고 자부할 수 있을까. 아이를 키우며 자신을 완벽하게 통제할 수 있는 사람은 세상에 존재하지 않을 것이다. 어쩌면 그들과 나의 차이는 감정을 해소할 수 있는 무언가를 찾았다는 것, 그것뿐일지도 모른다.

아직도 주변에는 고립된 엄마들이 많다. 자신의 감정을 들여다보지 못한 채 꾸역꾸역 그 감정들을 삼키고 있는 모습을 보면 안쓰럽다. 감정을 쏟아낼 무언가를 찾으라고 말하고 싶다. 물론 사람마다 감정을 해소할 수 있는 방법은 다르다. 누군가에게는 글쓰기가 될 수도, 누군가에게는 독서나 운동, 노래 부르기가 될 수도 있다. 중요한 건 아픈 자신을 외면하지 말라는 것이다. 아픈 나를 들여다볼 수 있는 존재는, 아픈 나를 보듬을 수 있는 존재는, 자신밖에 없으니까.

세쌍둥이가 첫 돌을 맞이하면서 아이들을 하루 네 시간 어린이집에 보내기로 결정했다. 아이들이 모두 떠나고 홀로 남겨진 집안은 새로웠다. 같은 공간인데도 완전히 다른 세상 같았다. 나는 따뜻한 봄의 세계에서 매일 글을 쓰며 나만의 세상을 만들었다.

평화로운 월요일 오전 11시. 노라 존스의 포근한 음악이 울려 퍼지고, 자판 두드리는 경쾌한 소리가 좁은 방을 채울 때면 나는 행복을 느꼈다. 삶의 풍요를 느꼈다. 행복은 결코 멀리 있는 게 아니었다. 더 이상 꿈도 미래도 보이지 않던 절망 같은 시간 속에서도 행복은 찬란하게 터지는 꽃망울처럼 삶의 가지에 단단히 매달려 있었다. 행복은 개인의 선택이다. 모든 것은 삶을 바라보는 작은 시선에서 출발하는 것이다. 나는 그것을 아들 넷 엄마가 되어서야 깨달았다.

서른 넷,
재능을 발견하기에 충분한 나이

벌써 세 번째였다. 초인종 소리를 듣고 현관문에 나가니 익숙한 얼굴이 보였다. 음악 선생님이었다. 엄마는 선생님의 전화를 미리 받은 듯 자연스럽게 선생님을 거실로 안내했다. 홍차가 담긴 찻잔을 들고 조심스럽게 소파에 앉은 엄마의 표정은 사뭇 진지해 보였다. 열다섯의 소녀는 문틈 사이로 그들의 대화를 엿들었다. 도저히 궁금해 참을 수 없었다.

"지난번에도 말씀드렸지만 아영이에게 성악을 가르쳐보고 싶습니다. 아영이는 재능이 있어요. 음색도 좋고요. 무엇보다도 표현력과 감성이 탁월합니다. 아이의 재능을 외면하지 말아주세요."

선생님은 나를 예뻐했다. 나도 음악 시간을 좋아했다. 새로운 노래를 가르칠 때마다 앞으로 불러 시범을 보이도록 했고 나는 주눅들지 않고 오히려 친구들의 시선을 즐겼다. 노래할 때면 조그마한 몸이 두둥실 하늘로 떠오르는 것 같았다. 다채로운 선율의 파도가 온몸을 휘감아 어딘가로 나를 이끌었다. 그곳은 따스하고 포근했다.

"예술이 뭐가 좋으냐. 예술이 밥 먹여주는 줄 알아? 예술은 안 돼!"

아빠는 이렇게 이야기하곤 했다. 어린 동생이 피아노 대회에 나가 본선 수상을 하지 못하자 당장 그만두라고 말하기도 했다. 예술은 가난한 길이자 부모에게 인정받지 못하는 삶이었다. 결국 음악을 포기하기로 했다. 그렇게 첫 번째 재능을 떠나보냈다.

그러다 서른넷이라는 나이에 글쓰기를 만났다. 나는 글쓰기에 천천히, 그리고 깊게 빠져들었다. 한 번도 글쓰기를 배워본 적이 없었지만 이상하게도 글을 쓰며 행복을 느꼈고, 삶의 깊이를 깨달았다. 갑자기 글을 쓰는 삶을 살고 싶어졌다. 글쓰기야말로 지금 내가 할 수 있는 무언가 같았다. 아이들을 기관으로 보낸 네 시간을 활용하여 할 수 있는 유일한 일이기도 했다.

본격적으로 글을 써보기로 했다. 그저 내게 재능이 있는지 시험해보고 싶었다. 살면서 한 번도 제대로 글을 써본 기억이 없지만, 잃을 것이 없기에 겁이 나지 않았다.

　매일 아침 공모전 사이트에 들어갔다. 지원할 만한 공모전을 체크하여 달력에 적어두고 글을 쓰고 또 썼다. 마치 학생 때로 돌아간 것처럼 다시 무언가에 도전한다는 자체만으로 설레고 흥분되었다. 기존에 써왔던 에세이 형식 말고도 소설, 시 등 다양한 장르의 글을 닥치는 대로 써보았다. 배워본 적은 없지만 그렇다고 글쓰기가 어렵지는 않았다. 그저 지금 이 순간 내 가슴을 요동치게 만드는 감정, 나를 둘러싼 생각들을 고스란히 담아내려 노력했다. 글에서 힘을 뺐다. 꾸미지 않은 민낯의 나를 적어내려갔다.

　어두컴컴한 방 안, 아이들을 재우기 위해 아이들과 나란히 누워서도 머릿속으로는 끊임없이 글을 생각했다. 눈을 감고 생각의 나래에 잠길 때면 마치 이야기들이 나를 그 세계로 끌고 가는 것 같았다. 머릿속에 문장들이 둥둥 떠다니며 춤을 추었다. 그것들을 잊지 않기 위해 아이들이 잠든 사이 틈만 나면 핸드폰 메모장에 한 줄씩 떠오른 문장을 기록했다. 어느새 기록은 습관이 되었다. 아이들의 기저귀를 갈 때도, 설거지를 할 때도, 청소를 할 때도, 지금 이 순간 나를 요동치게 하는 감정을 거센 시간의 물살에 흘려보내지 않도록 빠짐없이 기록했다.

　기저귀 갈고 한 문장, 이유식 먹이고 한 문장, 설거지하고 한 문장, 재우면서 한 문장. 그렇게 천천히 채워갔다. 지금 떠올려 보면 아마도 그때 채워진 건 한 편의 글이 아니라 새로운 꿈을 향한 절실함이었던 것 같다.

수개월 동안 도전이 이어졌다. 낙방 소식을 확인할 때마다 지치기도 했고 도무지 길이 보이지 않아 우울함이 밀려들기도 했다. 그러나 포기하지 않았다. 습관처럼 책상에 앉았다. 지금 내가 할 수 있는 건 글쓰기밖에 없다는 간절함이 다시 나를 책상 앞에 앉게 했다. 탁상달력에 수없이 동그라미를 치고 엑스 표시를 반복했다. 밀물처럼 좌절감이 밀려들더라도 새로운 무언가를 쓰기 시작하면 우울은 이내 사라져버렸다. 새하얀 백지는 빼곡히 채워진 한 편의 글이 되었다. 첫 문장은 힘겨웠지만 문장은 또 다음 문장으로 이어져 여백은 밀도 있게 채워졌다. 마치 내가 글을 쓴 게 아니라 글이 나를 끌고 가는 기분이었다. 완성된 글을 보며 가끔은 어떻게 이런 문장이 내 손끝에서 나올 수 있을까 놀랍기도 했다. 한 편의 글을 완성할 때마다 성취감이 밀려왔다. 수많은 글이 쌓였고 낙방을 이어갔지만, 언제나 그렇듯 기다림의 시간은 맥박치며 빛났다.

"등단을 축하합니다."

어느 날, 한 문예협회에서 에세이 부문 신인상 등단을 알려왔다. 협회 담당자는 연말에 시상식이 열리는데, 그때 등단증과 상패를 수여할 것이라고 말했다. 저작물에 대한 저작권이 최소 3년간 해당 협회의 소유가 될 것이라고 덧붙였다. 나에게 정말 재능이 있는 건가. 협회에서 발송한 메일에 기쁘기도 했지만, 내가 쓴 글로 앞으로 무언가 더 멋있는 걸 기획해볼 수 있을 것 같다는 근거 없는 자신감이 스쳤다. 그렇게 되면 협회에 저작권을 3년 동안 저당잡히면 안 될 터. 도대체 무슨 자신감이었을까. 끝내 등단을 포기하고 말았다.

아마도 그때부터였던 것 같다. 나의 글이 아주 작은 날개를 달고 하늘을 향해 날갯짓을 시작한 것이. 아주 조금씩 좋은 반응이 이어졌다. 한 출판사는 내 글을 웹툰으로 만들고 싶다고 제안했고, 한 월간지에 내 글이 단편으로 실리기도 했다. 라디오에 내 글이 소개되고, 인터넷 커뮤니티에 에세이를 연재하기도 했다. 글을 쓰며 새로운 꿈이 꿈틀대는 느낌이 들었다. 나의 글이 누군가에게 울림으로 다가가 아주 작은 변화를 이끈다면 의미 있을 것이라는 생각이 들었다. 예고 없이 찾아온 한 줄기 강렬한 빛처럼, 책을 쓰고 싶다는 생각이 머릿속을 파고들었다. 한때의 나처럼 지치고 힘든 누군가에게 용기를 줄 수 있는 작가가 되고 싶었다. 비록 안정된 길은 아니더라도, 내가 걸어왔던 길은 아니더라도, 가보고 싶었다. 그렇게 나는 책 쓰기를 시작했다.

　완전히 새로운 길을 걷는다는 것이 때로 불안했고 확신이 서지 않기도 했다. 수많은 좌절의 시간을 보내며 절망했다. 이렇게 끝나는 건가, 도저히 희망이 보이지 않기도 했다. 그러나 한 점 한 점, 지나온 점들을 연결하고 나서야 그 순간들의 의미를 깨달았다. 인생은 결코 한 점에서 끝나지 않는다는 것을. 나는 그저 수많은 변곡점 위를 지나왔다는 것을. 변곡점을 지난 곡선은 언젠가 다시 하늘을 향해 힘차게 뻗어가리라는 것을. 여전히 나는 무언가를 만들어갈 수 있는 사람이었다. 거창하지는 않지만 여전히 나는 내 이름 석 자로 존재할 수 있는 사람이었다. 나에게는 재능이 있었다. 나는 그것을 서른넷이 되어서야 깨달았다.

　어릴 적 나는 동산에 누워 파란 하늘을 바라보는 것을 유독 좋아했다. 학교가 끝나고 친구와 나란히 누워 하늘 위 구름이 시시각각 변하는 것을 쳐다보거나, 푸른 나뭇잎 사이로 황금빛 방울처럼 딸랑딸랑 울리는 햇빛의 움직임을 관찰하고는 했다. 어른이 되었을 때도 나는 세상을 가슴으로 이해했다. 해질녘 하늘을 붉게 물들이는 노을과 겨울눈을 뚫고 아기자기한 꽃망울을 터뜨리는 햇가지들을 경이롭게 들여다보며 삶을 느끼고 이해했다. 아이들의 엉덩이에 대롱대롱 매달린 작은 똥 덩어리를 바라볼 때나 욕조 끝에 간신히 매달린 작은 물방울을 바라볼 때 세상이란 찬란하게 빛나는, 그래서 도저히 눈을 뗄 수 없는 기적이었다. 어쩌면 나의 재능은 푸른 동산에 누워 있던 아이였을 때도, 음악 선생님이 집에 찾아왔던 사춘기 소녀일 때도, 아들 넷 엄마가 되어서도, 단지 내가 보지 못했을 뿐 오래전부터 내 몸 속 깊은 곳 어딘가에 자리 잡고 있던 것 같다.

빙산의 일각을 보며 우리는 그것이 자기가 가지고 있는 전부라고 믿고 산다. 수면 아래 거대하게 존재하는 부분은 들여다보지 못한 채 삶이라는 고된 여정을 이어나간다. 현실에 타협하며, 나이를 탓하며 자신을 들여다보지 않으려 한다. 그렇게 자신의 한계를 스스로 규정짓는다. 그러나 한계란 스스로가 만든 벽이다. 나는 더 이상 안 된다고, 내게 남은 건 더 이상 없다는 건 그저 나의 생각일 뿐이다.

누구에게나 빙산은 있다. 아들 넷의 엄마가 되어 재능을 찾은 나처럼, 누구에게나 빙산은 있다.

가끔은 고집 부려도 괜찮아.
내 인생이니까

모니터를 보고 있는 눈이 어질어질했다. 화면에 비친 글씨가 흐릿해졌다가 다시 선명해지기를 반복했다. 식은땀이 온몸을 적시고 찌르는 통증이 강하게 아랫배를 조여왔다. 그러나 타이핑을 멈출 수 없다. 이유는 단 한 가지, 오늘 이 글을 완성해야 하기 때문이다.

누군가 정해준 마감시한이 있는 것도 아니다. 이 글을 오늘 마치든, 열흘 후에 마치든, 영영 끝내지 못하든 누구도 나에게 뭐라고 할 사람은 없다. 그러나 멈출 수가 없다. 오늘 이 글을 완성하기로 한 건 나와의 약속이었다.

초고를 집필하기에 앞서 나는 단단히 각오했다. 하루에 한 꼭지씩 글을 무조건 완성하기로. 하나의 글이 완성되면 뒤는 돌아보지 않기로 했다. 자꾸 뒤를 돌아보면 끝내지 못할 것 같았다. 세상에 완벽한 글은 없다. 어니스트 헤밍웨이도 〈노인과 바다〉를 무려 400번 넘게 퇴고했다고 하지 않았던가. 일단 초고를 완성하는 데 집중하기로 했다.

매일 아침 아이들을 보낸 후 밀린 가사일, 이를테면 설거지, 빨래, 청소, 분리수거 등을 끝내고 나면 두 시간 가량의 시간이 주어졌다. 매일 같은 시간 책상에 앉아 초고 쓰기를 이어갔다. 그러나 두 시간 만에 한 꼭지 분량의 글을 완성하는 것은 쉽지 않았다. 결국 아이들을 재운 뒤 늦은 밤에 글쓰기를 이어나가곤 했다. 하루 24시간이 모자랐다. 아침밥은 물론이거니와 점심을 거르는 일도 잦았다.

복통이 계속되자 서랍장에 넣어두었던 부스코판 한 알을 꺼내어 물과 함께 삼켰다. 15분 정도가 지나자 세차게 휘몰아쳤던 복통이 한순간 증발해버렸다. 그렇게 다시 글쓰기를 이어나갔다. 그런데 이상한 건 이유를 알 수 없는 복통이 매일 계속된다는 점이었다. 그저께도, 어제도, 오늘도 원인을 알 수 없는 복통은 마치 작정한듯 나를 괴롭혀댔다.

결국 병원에 갔다. 나의 배를 요리조리 주물럭거리던 의사는 고개를 갸우뚱거리기를 반복했다. 그는 낡고 검은 수첩을 꺼내 무언가를 적었다. 수첩에는 그동안 그를 거쳐간 수많은 환자들의 증상이 빼곡하게 적혀 있었다.

"장염도 아니고 그렇다고 위염도 아니에요. 그냥 복통인데, 원인은 없어요. 스트레스성 복통이라고 이야기할게요."

하루에 A4 용지 두 장 반, 한 꼭지의 글을 완성하기란 쉽지 않은 일이었다. 나의 머릿속은 온통 책 쓰기로 가득했다. 오로지 책 쓰기에 모든 에너지를 쏟아 부었다. 하루에 하나씩 글을 완성하고, 내일 글의 스토리 라인 잡기를 반복하는 것은 쉽지 않았다. 하지만 나는 나를 다그치고 몰아세웠다. 오늘의 글을 끝내지 못하면 내일의 글을 시작할 수 없고, 서른두 개의 글을 완성하지 못할 것 같았다. 정확하게 말하면 불안했다. 나를 몰아세우는 자가 없다는 것이 나를 더욱 불안하게 만들었다.

모든 신경과 온몸 깊숙한 곳의 세포까지 깨워 집중하고 또 집중했다. 그러나 깊은 잠에 빠져 있던 세포는 일어나기를 거부했다. 그것들은 거세게 저항하며 강한 통증을 일으켰다. 극심한 스트레스였다.

식은땀이 흥건하게 온몸을 적신다. 오늘은 더욱 격렬한 몸 안의 싸움이 이어졌다. 결국 복통을 이겨내지 못하고 신음이 입 밖으로 새어나오고 만다. 구토가 이어진다. 자리에 털썩 누워 한 걸음도 떼지 못한다. 바로 옆 서랍장 안에 있는 부스코판 한 알을 꺼낼 힘도 없었다.

"당신, 미쳤어? 오늘은 제발 쓰지 마. 쓰지 말라고!"

보다 못한 남편이 결국 한마디를 던진다. 그러고는 식은땀으로 흥건히 젖은 나의 몸을 일으켜 부스코판 한 알과 물 한 잔을 먹여준다. 뜨거운 눈물이 뺨을 타고 흐른다.

불안했다. 막막했다. 그렇기에 써야 했다. 내 머릿속은 온통 써야 한다는 생각밖에 없었다. 책 쓰기는 아들 넷 엄마로서 갖게 된 새로운 꿈이었다. 더 이상의 꿈은 나에게 없는 것 같았다. 하루 네 시간, 제한된 자유의 테두리 안에서, 더 이상 어떤 조직에 몸담기 힘든 아들 넷의 엄마가 된 나에게 다른 길은 보이지 않았다. 나를 혹독하게 몰아세워야만 결과가 보일 것만 같았다. 어느 누구도 내 인생을 대신 찾아주지 않을 거니까. 움직여야 하니까. 한참을 울다 결국 다시 모니터 앞에 앉았다.

"으이구. 미쳤어. 미쳤어."

남편의 입술 사이로 가느다란 한숨이 새어나왔다. 그의 싸늘한 시선이 모니터를 보고 있는 나의 등 언저리에 꽂혔다.

"고집불통이야, 정말. 미련하게 왜 그러니."

그날 밤 스물셋의 나에게 엄마가 던진 말도 그랬다.

2006년 7월, 서울, 경기, 강원에 집중호우를 뿌려 사망자 40명, 약 1천 여 세대의 이재민을 발생시킨 태풍 에위니아가 북상했던 바로 그날. 나는 태풍의 중심에 있었다. 스물셋의 나는 하필이면 그날 강원도 인제로 떠났다. 엄마가 강하게 만류했으나 통할 리가 없었다. 가족들이 모두 잠든 이른 새벽에 나는 조용히 집을 나섰다.

인제로 떠나기로 한 건 다름 아닌 남자친구 때문이었다. 대학시절을 함께했던 우리는 같은 동네에 살았고 학교를 함께 다니면서 가까워졌다. 일 년 후 아빠 회사가 부도로 어려워지자 그는 묵묵히 내 곁에 있어주었다. 그렇게 우리는 사랑에 빠졌다. 그는 얼마 지나지 않아 강원도에 위치한 어느 최전방 부대에 입소했다. 태풍이 북상한 그날은 내가 캐나다로 어학연수를 떠나기 전 처음이자 마지막으로 면회를 약속한 날이었다.

전날 만든 수제 케이크를 손에 들고 버스에 몸을 실었다. 빗방울이 똑똑 창문을 건드리는 것을 보면서 태풍에 대한 걱정은 기우였다 생각하며 잠에 들었다. 버스가 홍천 즈음 왔을 때 빗줄기가 심상치 않음을 느꼈다. 하늘에서 거대한 구멍이 뚫린 듯했다. 굵은 빗줄기로 길의 경계가 모호해지더니 수륙양용 버스를 탄 것처럼 버스 양옆으로 거대한 물살이 일었다.

"산사태로 길이 끊겼어요. 더는 못 가요. 더 이상은."

인제에서 기사는 버스가 고립되었음을 알렸다. 승객들은 기약 없이 기다려야 했고 두 시간, 세 시간이 지나도 상황은 나아지지 않았다. 갈 수 있을까. 그제야 후회가 밀려왔다.

"원통까지는 두 시간만 걸어가면 돼요. 내가 길을 알아요. 함께 걸어가실 분 없나요?"

한 할머니가 기다림에 지친 승객들을 동요시켰다. 여기까지 온 이상 후퇴할 수는 없다. 할머니와 동행하기로 했다. 굵은 빗방울이 세차게 쏟아졌고 산사태로 길이 끊긴 고속도로 위는 퇴적된 토사로 가득했다. 흙과 돌, 바위, 쓰러진 나무 등이 뒤섞여 무릎 높이까지 쌓여 있었다. 결국 신발을 벗고 맨발로 길 위를 걸었다. 두 시간가량을 걷고 또 걸었다. 온몸이 비로 젖었고 현기증이 밀려왔다. 길바닥에 쓰러질 것만 같았을 때 다행히 원통면 초입에 고립되어 있던 다른 버스를 발견했다. 가까스로 그 버스에 올라탔다. 왼손에는 전날 만든 수제 케이크가 비에 젖은 채 들려 있었다.

"저희는 네 시간 동안 고립되었습니다. 혹시 먹을 게 있는 분, 계시나요?"

장시간 고립되었던 사람들에게 비에 젖은 케이크 상자를 내밀었다. 그리고 다 함께 나누어 먹었다. 한 시간을 더 기다려 버스는 원통 시내에 겨우 진입했지만 부대는 심각한 태풍으로 면회를 금지했다. 결국 길이 복구가 될 때까지 원통에 혼자 머무르다 집에 돌아가야 했다.

캐나다에 다녀온 뒤, 제대한 그는 이별을 고했다. 그러나 그날을 후회하지 않았다. 어쩌면 전날 밤 엄마가 강하게 만류했을 때, 홍천에서 갑자기 거세진 빗줄기를 봤을 때, 산사태로 엉망이 된 도로 위를 맨발로 걷기 시작했을 때, 이미 실패의 기운을 느꼈는지 모른다. 그러나 포기하고 싶지 않았다. 실패하더라도 끝까지 해보고 싶었다. 그게 나라는 사람이었다.

책 쓰기를 시작한 뒤 정확히 서른두 밤이 지났다. 그리고 마지막 밤의 끝자락에 완성된 초고를 마주했다. 가끔씩은 독한 나 자신에게 넌더리가 나기도 한다. 작은 불씨가 커다란 화염이 되어 돌아올 때면 나 자신도 나를 통제하지 못했다. 미친 것 같은 외고집이었다. 그러나 가슴속에 핀 작은 불꽃을 만나 행복했다. 내 인생에서 다시 무언가에 몰두할 수 있는 것만으로, 그렇게 자신을 가혹하게 내달리게 만든 것만으로 행복했다.

움직이는 자에게 기회를 준다 꿈은

책을 내고자 하는 사람들은 평균 백여 곳의 출판사에 투고한다고 한다. 이백 군데, 삼백 군데가 될 수도 있다고 한다. 예비 작가가 출판사의 문을 두드려 문이 열리는 것은 바늘구멍 같은 대기업 취업문을 뚫는 것보다 어려운 일이었다. 인터넷에는 각종 책 쓰기 클래스, 집필 방법, 책 계약 후기 등의 글이 넘쳐났다. 그러나 책을 계약한 사람들의 대부분은 수백만 원을 호가하는 유명 클래스 출신이거나 기획출판을 진행하는 기성작가, 혹은 네이버 블로그나 포스트, 브런치 등 SNS에서 인기 시리즈를 연재하고 있는 예비 작가였다. 나 같은 일반인이 작가가 되는 길은 출판 비용의 일부분을 부담하는 자비출판밖에 없어 보였다.

'과연 할 수 있을까? 내 글이 책이 될 수 있을까?'

인터넷 글을 읽어내릴 때마다 자신감이 추락하는 것 같았다. 과연 잘될 수 있을까. 자신이 서지 않는다. 그러나 어찌되었든 초고는 내 손에 있다. 세상으로부터 어떤 평가를 받은 지금 이 순간 내 글을 믿을 자는 오로지 나밖에 없다. 나에 대한 한계를 설정한 순간 그것밖에 되지 않은 삶을 살게 될 것이다. 그래. 투고해보자. 나는 내 글을 믿어보기로 했다.

투고를 위해선 통상 두 가지가 필요하다고 했다. 출간 기획서와 샘플 원고. 먼저 투고를 위한 출간 기획서를 작성했다. 인터넷에서 다양한 기획서 양식들을 쉽게 찾아볼 수 있었는데 여러 양식을 비교해보면서 공통적으로 필요한 항목을 정리했다. 책의 제목과 부제, 책의 분류, 저자의 프로필, 기획 의도, 책의 강점, 예상 독자, 전체 분량, 세부 목차 등을 정성스럽게 채워나갔다.

회사에 다닐 때도 종종 기획서를 만들어 상부에 올리곤 했다. 며칠을 꼬박 밤새워 힘들게 만든 자료로 프레젠테이션을 하면 임원들은 대수롭지 않은 눈빛, 당장이라도 사무실을 벗어나 골프장으로 뛰쳐나가고 싶은 듯한 지루한 표정을 보이고는 했다. 그것이 기획서라는 글의 민낯이었다. 작성하는 사람의 노고에 비해 읽는 사람의 관심은 그다지 크지 않은 글. 한 기업의 상부건 한 출판사의 에디터건 기획서 한 장은 많은 업무 중

하나에 불과할 것이다. 관심을 두지 않으면 그냥 흘러가고 마는 그런 물줄기. 결국 빠른 시간 안에 그들의 시선을 사로잡는 것이 관건이었다.

출판사들은 하루에 많게는 수백 건 이상의 투고 메일을 받는다고 한다. 따라서 출간 기획서 작성에 있어 가장 중요한 것은 간결하면서 분명하게 메시지를 전달하는 것이었다. 그러나 그것만으로는 부족했다. 에디터의 시선을 붙잡기 위해서는 내 글이 갖고 있는 차별적인 포인트를 출간 기획서에 녹여야 했다.

과연 어떻게 하면 내 이야기를 어필할 수 있을까. 나의 첫 책은 육아 에세이였다. 나에게 엄마가 된다는 것이 어떤 감정이었는지 떠올려 보았다. 난데없이 '벼락'이라는 단어가 머릿속을 스쳤다. 나에게 엄마가 된다는 것은 어느 날 갑자기 찾아온 벼락처럼 막막하고 힘겨운 현실의 무게였다. 벼락이라는 단어를 차별점으로 두기로 했다. 한 남자와 사랑에 빠진 뒤 단 두 달 만에 엄마가 되어야 했던 첫 번째 벼락, 느지막이 계획한 둘째 임신에 찾아온 세쌍둥이를 두 번째 벼락. 그렇게 〈어느 날 갑자기 벼락엄마〉로 제목을 지었다.

출간 기획서를 작성하고 나니 막상 어느 출판사에 투고해야 할지 감이 오지 않았다. 국내에는 무려 5만여 개의 출판사가 있지만 그중 75%가 1인 출판사이고 실제로 책을 내놓은 곳은 3

천여 곳도 안 된다고 한다.

출판사는 자선사업가가 아니다. 한 권의 책이 세상의 빛을 보기까지는 수천만 원의 비용이 필요하니 까다롭게 손익분기점을 계산하여 수익을 창출할 만한, 다시 말해 돈이 될 만한 글을 선택할 것이다. 출판시장을 조사해보니 투고를 하는 게 다시 막막해졌다. 어려울 것이다. 모든 초고는 쓰레기라는 헤밍웨이의 말처럼 내 초고도 쓰레기통에 들어갈 수도 있다.

그러나 뒤집어 생각하니 실제로 책을 출간하는 출판사는 이 중 일부라고 해도 희망이 느껴졌다. 이렇게 출판사가 많으니 한 곳쯤은 내 글의 가치를 알아주지 않을까?

대기업 취업을 준비하던 시절 공채달력이란 게 있었다. 구직자들을 위한 취업 사이트에서 각 기업의 원서 제출 마감일을 하루 단위로 표시해둔 달력. 대부분의 취업준비생은 이 공채달력에 의존하여 원서를 제출했다. 오늘은 A 기업, 내일은 B 기업, 모레는 C 기업…. 마치 좀비 떼처럼 우르르 원서를 제출했다. 물론 나도 마찬가지였다. 왜 여기인지, 이 회사의 어떤 점이 나와 맞는지 생각해보지도 않은 채 거대한 행렬에 편승해 제출 버튼을 클릭했다. 그렇게 나는 약 70여 곳의 기업에 취업원서를 제출했다. 어디에 지원을 했는지도 헷갈릴 정도로 기존에 작성했던 자기소개서를 복사하여 신속하게 지원을 마쳤다. 그렇게 하지 않으면 불안했다. 여러 개의 낚싯대를 펼쳐놓아야 하나라도 걸릴 거라 생각했다. 하지만 내가 지원했던 수많은 기업 중 서류전형에 통과하여 면접 기회를 얻었던 곳은 불과 여섯 곳에 지나지 않았다.

출판사에 투고하는 것도 마찬가지라 생각했다. 하나의 출간 기획서로 백 군데, 이백 군데의 출판사에 투고할 수도 있다. 그렇게 해야 하나라도 걸려들 확률이 높을 것이었다. 하지만 바늘구멍 같던 취업문을 경험하며, 낚싯대를 여러 대 확보하는 것만이 낚시의 전부는 아님을 깨달았다. 낚시를 하는 공간, 낚고자 하는 어종에 따라 미끼는 달라진다. 민물고기가 잡히는 강가에 앉아 지렁이가 아닌 크릴새우를 던진다면 고기가 잡힐 리 없다.

투고도 마찬가지였다. 책의 분류가 육아 에세이인데 뜬금없이 자기계발서나 문제집을 만드는 출판사에 투고하면 연락 올 일이 없을 것이다. 미끼를 바꿀 수는 없으니 결국 내가 가지고 있는 미끼가 통할 만한 출판사부터 조사해야 했다.

역시나 발품을 파는 것보다 확실한 것은 없었다. 나는 서점에 들러 주로 어느 출판사에서 에세이를 출간하고 있는지부터 조사했다. 책의 판권면에는 출판사의 이름, 홈페이지, 메일 등의 정보가 담겨 있었다. 관심이 있는 출판사 정보를 일일이 사진으로 찍어 엑셀 표로 리스트를 만들었다. 리스트는 출판사명, 투고 방식, 홈페이지나 대표 블로그, 분야, 주요 출간 도서 등의 세부 정보로 구분했다.

서점에서 사진으로 찍어온 출판사는 약 80곳이었다. 나는 홈페이지나 대표 블로그에 들어가 각 출판사의 성향을 분석했다. 어떤 책들을 출간하고 있는지, 판매량은 어떤지, 자비출판 관련 글이 있는지, 투고 방식은 어떠한지. 일일이 살펴보고 표로 정리했다. 그리고 내 글과 잘 맞을 것 같은 출판사는 따로 표시해두었다.

출판사를 조사하는 과정은 의외로 재밌었다. 워낙 모르던 업계였기에 대형 출판사 안에 여러 브랜드가 존재한다는 사실도 흥미로웠고 브랜드별로 추구하는 스타일이 다르다는 것도 재밌었다. 대학교 때 경영학을 전공하며 마케팅을 공부했는데 출판사의 브랜딩 전략 또한 크게 다르지 않았다.

책은 작품이지만 다른 의미로는 상품이다. 각 출판사가 추구하는 브랜딩 전략하에 출간된 책을 보면 각자의 향기, 글의 결이 보인다. 한 권의 책에 저자의 가치관, 성격, 향기가 짙게 배어 있듯이 출판사의 브랜드에도 고유의 색깔이 있다. 내 글이 소박한 느낌인데 파격적이고 진보적인 책을 출간하는 출판사에 투고한다면 별다른 소득을 기대할 수 없을 것이다. 자신의 글과 하나의 흐름으로 흘러갈 수 있는 출판사에 투고해야 표본이 적더라도 연락 올 확률은 높아질 것이다.

　그렇게 투고를 시작했다. 홈페이지를 통해 원고를 접수하는 출판사부터 시작하여 약 오십 곳의 출판사에 원고를 보냈다. 메일로 보내는 경우 월요일 출근 시간에 맞춰 예약 발송했다. 회사에 다닐 때를 돌이켜보니 월요일 오전 가장 먼저 하는 일이 주말 동안 쌓인 메일함을 확인하는 것이었다. 업무를 시작하는 월요일 오전은 다른 요일에 비해 상대적으로 여유가 있었다. 출판사도 결국 회사이기 때문에 크게 다르지 않을 것이라는 판단이었다.

　투고 메일 제목에는 책의 분류/제목을 적고 본문에는 출간 기획서의 전체적인 개요(저자 연락처, 제목, 주제, 내용, 첨부파일 소개)를 적었다. 메일만 보더라도 이 책이 어떤 책인지 가늠할 수 있게 공을 들였다. 내 글에 관심을 갖고 첨부파일을 열어보게 하는 것이 메일 본문의 역할이었다.

　월요일 오전 아홉시가 되자 예약을 걸어두었던 각각의 메일이 처리되기 시작했다.

　드디어 발송이었다.

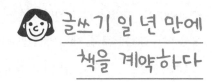

글쓰기 일 년 만에 책을 계약하다

이십 분 만이었다. 투고 메일이 발송된 지 정확히 이십분 후 한 통의 전화를 받았다. A출판사였다.

"김아영 씨 되시나요? A출판사인데요. 방금 보내주신 출간 기획서가 정말 마음에 드네요. 계약을 하고 싶습니다."

수화기 너머로 들려오는 갑작스러운 제안에 얼빠진 사람처럼 멍하니 아무 말도 떠올릴 수 없었다. 순식간에 머릿속이 백지처럼 하얘지는 것 같았다. 무슨 말을 해야 할지 몰라 그저 듣기만 했다.

출판사 대표는 능숙하게 말을 이어나갔다.

"저희 출판사는 규모가 제법 있는 곳입니다. 넓은 인맥으로 작가들이 활발하게 강연할 수 있도록 돕고 있습니다. 혹시 A칼럼을 연재하고 있는 S작가 아시나요? 그분도 우리 출판사 저자

출신이에요. 김아영 씨만 원한다면 이 모든 것이 가능합니다. 오늘 당장 그쪽으로 갈 테니 계약합시다."

사실 A출판사는 투고 전 이미 알고 있던 곳이었다. 평범한 엄마였던 S작가는 A출판사를 통해 책을 출간했고, 이후 정기적으로 칼럼을 연재하고 이곳저곳에서 활발하게 강연을 하고 있었다. 우연히 그녀의 블로그를 방문하고선 언젠가 나에게도 이런 기회가 찾아왔으면 하는 생각을 얼핏 한 적이 있다. 그런데 정말로 기회가 오다니. 당장 제안을 붙잡아야 했다. 그러나 이상하게 마음이 움직이지 않는다.

"세쌍둥이라구요? 아이들 품고 출산하느라 고생하셨겠네. 이런 독특한 이야기 좋습니다. 캐나다에도 다녀오셨다구? 우리 아들이 거기에서 오랫동안 유학했었지…."

그의 언변은 화려했다. 제안도 솔깃했다. 그러나 그의 말에는 진심이 보이지 않았다. 과연 단 이십 분 만에 수십 장에 달하는 샘플 원고와 출간 기획서를 제대로 읽어봤을까. 내 글의 가치보다는 단지 '세쌍둥이'라는 단어만 보고 전화한 건 아닐까. 내 원고는 하루아침에 엄마가 되어야 했던 한 여자의 '엄마가 되어가는 과정'을 그려낸 성장 에세이였다. 초점은 아이가 아니라 엄마였다.

"죄송합니다. 제가 방금 투고를 시작해서 신중히 생각해봐야 할 것 같습니다. 제 원고에 관심을 가져주셔서 정말 감사합니다."

제안을 우회적으로 거절한 뒤 머릿속이 갑자기 하얘졌다.

'잠깐. 도대체 내가 무슨 일을 벌이고 있는 거지? 만약 이곳이 계약을 제안한 유일한 출판사라면? 야, 김아영. 그 근거 없는 자신감 좀 버리라고. 일단 한다고 했어야지.'

아직도 내가 무슨 짓을 한 건지 감이 오지 않았지만 눈을 질끈 감았다. 무모한 나를 한 번만 더 믿어보기로 했다.

하루가 지나자 불안이 밀려왔다. 예약 발송했던 메일의 절반은 확인조차 되지 않았고, 틈틈이 발신함을 열어봐도 수신 확인란은 깜깜무소식이었다. 출판사 에디터가 업무 시간을 쪼개 많게는 수백 통씩 전송되는 투고 메일을 일일이 확인하기란 쉽지 않을 것이다. 결국, 목마른 사람이 우물을 파야 했다. 아직 메일을 수신하지 않은 출판사에 전화를 돌렸다. 나의 목소리는 신입사원처럼 뻣뻣했고 긴장감이 서려 있었다.

"안녕하십니까. 편집팀 담당자 되십니까? 어제 오전 투고 메일을 보낸 김아영이라고 합니다. 다름이 아니라 하루가 지나도 메일 확인이…."

"확인할게요. 담당자에게 전해드릴게요. 읽을 거니 기다려주세요."

대부분 달갑지 않은 차가운 목소리였다. 유명인도 아니고, 나 같은 투고자의 전화는 출판사로서는 반갑지 않을 것이다. 괜히 전화를 한 건가 걱정이 되었다.

오후가 되자 하나둘씩 거절 메일이 쏟아졌다. 올해 기획하고 있는 출판물이 이미 마감이 되었다, 글은 좋으나 내부적인 사정으로 출간이 어렵다 등 여러 가지 이유였다. 메일함을 열어 볼 때마다 거절 메일이 잔뜩 쌓여 있어 자신감은 어느새 땅 끄트머리에 간신히 매달려 있었다. 메일함을 다시 클릭했다. 질끈 감은 눈을 서서히 떴다. 하나, 둘, 셋….

수많은 거절 메일 속에 B출판사의 메일이 눈에 띄었다. B출판사는 메일을 통해 원고 전문을 요청했다. 투고 당시 세 꼭지 분량의 샘플 원고를 발송했는데 전체 원고를 읽고 싶다는 요청이었다.

B출판사에 전체 원고를 발송하자 갑작스럽게 출간 계약 의뢰가 쇄도했다. C출판사, D출판사의 메일이 왔고, 다음날에는 E출판사, F출판사의 메일이 이어졌다. 오랜 기다림 뒤에 이어지는 출간 계약 의뢰는 불안감을 말끔히 씻어주었다.

출판사의 조건은 제각각 달랐다. 어떤 곳은 좋은 조건을 내걸었고, 어떤 곳은 초판에 대한 인세를 지불하지 않겠다고 했다. 나름대로 여섯 곳의 장단점을 적어보았다. 고민이 되었다.

머릿속이 복잡해진 그때, B출판사에서 전화가 왔다.

"전체 원고를 꼼꼼히 읽어보면서 한참 동안이나 원고에서 빠져나올 수 없었습니다. 좋은 원고를 보면 망설일 필요가 없는 것 같습니다. 직접 뵙고 싶습니다."

출판사 대표의 말을 듣는데 뭔가 강력한 감정이 나를 휘감는 것 같았다. 며칠 후 우리는 서울 시내 어느 카페에서 만났다. 대화는 유쾌했다. 무엇보다도 그는 내 원고의 아주 작은 표현까지 선명하게 기억하고 있었다. 그는 진흙 속에 묻혀 있던 나의 초고를 애정 어린 시선으로 읽어준 첫 번째 독자였다. 머릿속에 더 이상 다른 출판사의 조건들이 떠오르지 않았다.

이미 마음이 움직이고 있었다.

내가 책을 내고자 했던 이유는 유명세를 얻기 위해서도 아니고, 책이라는 도구를 발판 삼아 고액의 수입을 얻기 위함도 아니었다. 힘들었던 시기를 글쓰기를 통해 극복했듯 글을 통해 누군가에게 따뜻한 용기를 주고 싶었다. 우리가 살고 있는 세상은 적어도 온기가 남아 있다는 것을 일깨워주고 내가 가진 따뜻함을 나누어주고 싶었다. 출판사는 흘러가는 강물처럼 내 글과 하나의 흐름이 되어야 했다. 이곳은 처음으로 나의 초고를 진심을 다해 읽어준 곳이었다. 이런 진심이라면 내 책도 정성을 다해 만들어 줄 것이라는 확신이 들었다. 투고한 지 이십 분 만에 다짜고짜 전화해서 상업적인 이야기만 늘어놓았던 곳과는 대조적이었다.

그가 내민 계약서에 도장을 찍었다. 행복했다. 감사했다. 좋은 출판사를 만나서.

B출판사는 세심하고 배려 깊었으며 책에 대한 애정이 대단했다. 우리는 오랜 시간 동안 한 권의 책을 다듬고 또 다듬었다. 저자의 입장에서는 책이 하루빨리 세상의 빛을 보는 것을 소망하겠지만 그만큼 깊이 있게 책이 만들어지지 못할 수도 있다. B출판사와 작업을 하면서 초보 작가로서 글쓰기에 대해 많이 배울 수 있었다. 특히 조급함을 내려놓고 책이 가지고 있는 영향력, 진심, 그리고 깊이에 대해 깨달았다. 매끄럽게 다듬고 정성스럽게 깎자 어느덧 흙 속 진주는 환하고 아름다운 빛을 가진 보석이 되어 있었다.

서른다섯 살의 아들 넷 엄마는 그렇게 작가가 되었다. 평생 글을 써보지도 않았던 사람이 글쓰기를 시작한 지 고작 일 년 만에 책을 계약했고, 약 9개월 뒤 책이 세상에 나왔다.

한때 아이들로 인해 꿈을 잃어버렸다고, 아들 넷 엄마인 나는 이제 아무것도 할 수 없을 거라고, 내 인생은 끝이 났다고 절망했다. 그러나 한계는 없었다. 서른넷은 새로운 재능을 찾기에 충분한 나이, 새로운 도전을 하기에 늦지 않은 나이였다.

　무엇보다 아들 넷 엄마이기 전에 나는 여전히 꿈을 꿀 수 있는 '김아영'이었다.

5 ^부

삶의 프레임을 바꾸다

가슴이 떨렸다. 집구석에 처박혀 매일 아이들에게 시달리던 아줌마에게 이직 제의가 찾아왔다. 회사를 그만둔 지 꼬박 3년을 채워가고 있는 나에게 누군가 연락을 준다는 것 자체가 어색했다. 그것도 아주 오랜만에 내 이름으로 불려지다니. 아직 나, 잊히지 않았구나.

"김아영 대리"

동기들은 과장이었다. 나는 첫애를 낳고 육아휴직을 썼다는 이유로 진급에서 누락되었다. 조금 뒤쳐졌지만 부지런히 쫓아갔다. 세쌍둥이를 임신하고도 만삭의 몸으로 과장 진급 시험을 준비할 정도로 열정적이었다. 하지만 회사는 갑작스럽게 파산했고, 나는 8년 회사 생활의 마지막을 결국 김대리로 마감했다. 그런데 그토록 지겹게 들어왔던 김대리가 오늘은 낯설 만큼 반갑다. 설렜다. 이렇게 내 이름으로 불린다는 것만으로.

"김대리, 아들 넷 육아하느라 고생이 많지? 여기는 출근 시간을 정할 수 있고 8시 출근하면 17시 퇴근, 9시 출근하면 18시 퇴근, 10시 출근하면 19시 퇴근이야. IT회사라 분위기도 자유롭고 시스템 개발하는 거라 지루하지 않을 거야. 과장급으로 연봉도 예전보다 많이 받을 거고."

김차장의 문자였다. 김차장은 예전 회사에 다닐 당시 함께 일했던 직장상사였다. C로 이직한 그는 이곳에서 개발팀장의 자리에 올랐고 발령이 나자마자 팀을 꾸리기 위해 나에게 연락한 것이다. 벌써 두 번째 이직 제의였다. 처음 연락을 받았을 때는 아이들이 어리고 아들 넷을 대신 봐줄 베이비시터를 구하기도 힘든 터라 거절했지만, 지금은 달랐다. 이제 세쌍둥이는 세 돌을 바라보고 있고 어린이집에도 적응을 잘하고 있어 한숨 돌릴 수 있는 시점이었다. 무엇보다도 누군가 나를 기억해준다는 사실만으로 흘러가버린 그때의 시간들이 헛되지 않은 것 같아 마음 한편이 뜨거워진다.

"네가 딱인데. 일 잘했잖아. 똑 부러지고 책임감도 강하고 성실하고. 내가 아는 아영이는 그랬지. 어디에 있든 눈에 띄었어."

김차장과 나는 함께 일을 하며 가까워졌다. 그는 일에 대한 조언을 아끼지 않았고 사회생활이 부족한 나에게 진심어린 충고를 해주곤 했다. 8년간 회사에 근무하며 절실히 느낀 건, 회사란 무엇보다 사람이 중요한 곳이라는 사실이었다. 하루의 3분의 2 이상을 머무르는 좁은 공간, 싫은 사람과도 얼굴을 맞대며 불편한 공기를 하루 종일 나누어 마셔야 하는 회사라는 공간에서는 무엇보다 사람이 중요했다. 그런데 나를 아끼던 수장 밑에서 근무할 수 있는 기회라니. 그것도 아들 넷의 엄마라는 점을 이해해줄 수 있는 리더라니. 흔들리지 않을 수 없었다.

"지금은 아이들도 어느 정도 안정이 되었고 재정적으로도 우리가 함께 벌면 더 낫긴 할 것 같아. 그렇지만, 당신의 결정을 존중할게."

김차장의 연락을 받고 가장 먼저 남편과 이야기를 나누었다. 남편은 내 의견을 존중하겠다고 얘기했지만 은근히 함께 벌기를 바라는 눈치였다. 사실 회사에 다니던 시절에도 남편은 내가 회사에 다니며 아이를 키우는 것을 자랑스럽게 생각했다. 홀로 벌어 생계를 유지해야 하는 가장으로서의 부담감에서 상대적으로 자유로워질 수 있었고, 둘이 벌어 조금이라도 더 돈을 모으자는 경제적인 이유도 있었다. 솔직히 어떤 남자가 함께 벌겠다는 걸 만류하겠는가.

통계청이 전국 남녀 3만 9천여 명을 조사한 결과, 여성이 직업을 갖는 게 좋다고 생각하는 사람은 해마다 늘어 2017년 기준 87%에 달했고, 남성에게만 물어봐도 찬성이 반대보다 2배 이상 압도적으로 많았다. 평생 일해도 집 한 채 갖기 힘든 각박한 시대에 맞벌이는 어느덧 당연한 인식이 되었다.

　그러나 도저히 일상이 그려지지 않는다. 매일 아침마다 전쟁을 치르듯 아이들을 준비시키고 느지막이 집에 돌아와 밤늦게까지 집안일에 시달려야 하는 전투적인 삶이. 더욱 엄두가 나지 않는 건, 일을 시작하게 되더라도 가사와 육아의 무게는 오롯이 내게만 지워질 거라는 점이다. 과연 남편과 얼마나 가사일이 나뉠까? 6:4? 7:3?

　남편은 꽤나 가정적인 편이지만, 한 달에 절반은 해외에 있어야 하는 직업이다. 쉬는 날 그는 침대와 한몸이 되어, 아니 정확히는 침대와 몸, TV가 혼연일체가 되어 꼼짝도 하지 않고 하루를 보낸다. 가끔씩 남편에게 아이들을 맡겨두고 외출을 하면, 어김없이 쌓여 있는 설거지 더미와 난리법석인 집안 꼴에 부아가 치밀곤 했다. 직업 특성상 시차로 피곤한 건 당연했다. 그러나 지난 십 년간 엄마라는 이유로 드리워졌던 현실에 대한 무게가 이번이라고 달라지지는 않을 것 같았다.

　과연 부부가 공평하게 집안일을 나누는 집이 대한민국에 몇 집이나 될까. 워킹 대디에게 삶은 '일'과 '쉼'으로 구분될 수 있어도, 워킹 맘에게 삶이란 일이 끝나면 다시 일이 시작되는 무한대 도돌이표다. 회사에서 퇴근하고 집으로 출근하는 격이다. 통계청 조사 결과, 부부가 집안일을 공평하게 나눠서 해야 한다는 생각은 3명 중 2명꼴, 10년 전보다 20% 포인트 넘게 늘었다. 하지만 실제로 아내와 집안일을 반반씩 분담하는 남편은 여전히 10명 중 2명밖에 되지 않는다고 한다.

고민을 거듭하던 중, 느닷없이 밥을 정신없이 먹고 있는 아이들의 모습이 눈에 들어왔다. 이유식 전쟁을 호되게 치른 아이들은 '맛의 세계'에 빠져들었다. 식욕이 거의 없었던 첫애와 달리 세쌍둥이는 운명적으로 주어진 경쟁 체제하에 매끼를 전투적으로 먹어댔다. 앉은 자리에서 바나나 한 묶음, 우유 한 통, 피자 한 판, 김밥 열 줄을 해치웠기에 가끔 나가는 외식은 36개월 미만의 세쌍둥이에게 요금 적용이 되지 않는 프렌차이즈 무한 리필 뷔페만 찾게 되었다.

첫애 때는 아이에게 밥 한 숟갈이라도 더 먹이기 위해 밥상에 앉기를 거부하는 아이를 졸졸 따라다녔다. 그러나 세쌍둥이는 배고프다며 아침마다 나의 바짓가랑이를 붙잡고 늘어지는가 하면, 밥을 빨리 내놓으라고 울상을 지었다. 보통의 엄마라면 아이가 밥을 먹는 제비 같은 모습은 육아의 여러 단면 중 가장 사랑스러운 순간일 것이다. 첫애를 키울 당시 나도 그랬으니까.

그러나 요즘은 아들 넷이 밥을 먹는 광경을 보다 보면 소름 끼치는 순간이 찾아오기도 한다. 거뭇거뭇 콧수염이 올라온 아들 넷이 걸걸한 목소리로 밥을 달라며 졸라대는 모습, 더욱 왕성해진 식욕으로 게걸스럽게 밥을 몇 그릇씩 뚝딱 해치우는 모습을 상상하다 보면 앞으로 아들 넷의 끼니를 어떻게 챙겨 주어야 하나, 많은 식비를 어떻게 감당할 것인가 막막함이 밀려들곤 한다.

"이제는 정말 회사에 나가야 하나. 함께 벌면 아무래도 더 낫겠지…."

갑작스러운 선배의 제안에 정연하게 자리를 찾아가던 나의 삶은 순식간에 혼란에 빠졌다. 첫 책이 세상에 나온 지 얼마 지나지 않은 시점이었다. 아마도 내 인생 마지막 제안이 될 것 같았다. 첫애는 벌써 십대에 접어들었는데, 이제 나는 삼십대 중반. 조금 더 나이를 먹고 경력단절 기간이 길어지면, 이런 제안도 찾아오지 않을 것만 같았다. 잡아야 할까, 놓아야 할까. 고민이 되었다.

좋은 직장, 높은 연봉, 괜찮은 복지, 유연한 근무시간.

이곳에서 근무한다면 안정적이고 윤택한 삶을 누릴 것이다. 아들 넷에 들어가는 어마어마한 식비와 교육비의 부담을 조금이나마 덜 것이다. 남편과 부지런하게 벌어 아이들을 지원하고 걱정 없이 소비하며 살 것이다. 그리고 하루 종일 집에 있는 전업맘이 아닌 고액 연봉을 받는 한 기업의 과장으로 남을 것이다. 자신을 가꾸는 데 주저하지 않고 당당하게 목소리를 내는 김과장. 불과 몇 년 전의 나처럼.

그런데 마음 한편이 이상하게 텅 빈 것 같았다. 끊임없이 던져왔던 삶에 대한 질문과 대답에 어울리지 않는 길이었다. 지난 삼 년간 치열한 고민 끝에 비로소, 진정한 나를 발견했다고 생각하지 않았던가. 새로운 꿈을 찾았다고 생각하지 않았던가. 누군가에게 위로와 용기를 주는 사람이 되겠다고 결심하지 않았던가. 사회가 요구해왔던 작은 상자에서 뛰쳐나와 이제야 진정한 나를 발견했다고 생각했다. 그런데 지금 와서 또다시 연봉 때문에, 지위 때문에, 누군가의 시선 때문에 그런 인생을 선택한다는 건 지난 삼년간 치열하게 고민했던 대답들이 한낱 자기위안에 불과했다고 인정하는 것과 다름없었다. 결국 나는 사회가 정하는 작은 상자에 들어가야 비로소 불안하지 않다는 고백과 다름없었다.

며칠을 고민하다 김차장에게 답장을 보냈다.

"차장님, 이제 회사를 다니는 것은 제 길이 아닌 것 같아요…."

언젠가 이 결정을 격하게 후회할지도 모른다. 남은 생을 남편의 바가지에 시달리며 살아야 할지도 모른다. 굳게 믿었던 자기 확신도 어느 날 갑자기 사라져 버릴지도 모른다. 그러나 나는 나를 믿어보기로 했다. 내가 발견한 삶의 가치, 일상의 시계, 내 가슴으로 품은 새로운 꿈과 온몸의 감각 안에서, 나는 나로 남기로 했다.

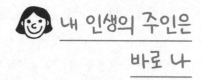

내 인생의 주인은 바로 나

유난히 날이 좋았다. 따스한 햇볕이 내려앉은 봄날의 캠퍼스는 완벽했다. 갓 입학한 신입생에게 캠퍼스의 풍광은 꿈꿔왔던 축복 그 자체였다. 인생의 한 고비를 넘겼다고 생각했다. 꿈에 그리던 대학생이 된 것이다.

그러나 이상하게도 여전히 불안했다. 그 불안함은 다름 아닌 '시간표'였다. 초등학교, 중학교, 고등학교를 거치는 12년이라는 긴 세월동안 사회가 정해준 시간표 안에서 성장했다. 정해진 시간에 삼시 세끼를 먹고 정해진 공간에서 공부했으며 정해진 분량만큼 진도를 나가고 시험을 보았다. 왜 그렇게 해야 하는지 의문조차 갖지 않았다.

그런데 대학교에 입학하면서 처음으로 거대한 틀이 깨졌다. 자신의 시간표를 스스로 설계할 수 있는 자유가 생긴 것이다.

그런데 불안했다. 여전히 정해진 시간이 되면 배가 고팠고, 어떤 공부를 해야 할지 까마득했으며, 사소한 것조차 혼자 결정하지 못했다. 캠퍼스가 한눈에 보이는 언덕 벤치에 앉아 있을 때면 나른한 자유로움보다 뭔가 해야 한다는 초조함이 밀려들었다. 자유를 온전히 누릴 방법조차 모른 채 어른이 된 것이다.

결국 맹목적으로 남들을 따르기로 했다. 취업이 잘된다는 전공을 선택하고, 학생이 몰리는 인기 강좌 위주로 수강했다. 2년간 공부하고 휴학을 했다. 남들처럼 어학연수를 떠났고 돌아와 스펙을 만들었다. 최종 목표는 취업이었다. 그것도 오로지 대기업. 왜 그렇게 해야 하는지는 묻지 않았다. 그저 사회적 틀에 자신을 구속시켜야만 비로소 안심이 되었다.

시간표의 부재로 인한 불안감은 한 번 더 찾아왔다. 8년간 다녔던 회사를 퇴사하고 아들 넷 육아를 해야 했을 때, 아이들을 기관으로 보내고 자유를 마주했을 때, 나에게 주어진 단 몇 시간조차 어찌할 줄 몰라 불안함을 느꼈다. 회사에 근무했을 때는 쳇바퀴 같은 일상에서 벗어나기만을 꿈꿨지만, 답답한 시간표에서 해방되자 곧 그 답답함이 미치도록 그리웠다. 삶은 모순적인 것이었다.

처음에는 자유를 자유답게 누리기로 했다. 독박 육아로 몸과 마음이 피로했기에 그저 늘어지게 쉬고 싶었다. 휴식은 곧 충전이라고 생각했다. 그래서 첫애와 세쌍둥이를 각각 학교와 어린이집에 보내고 나면 엉망진창이 된 거실에 눈길조차 주지 않고 침대에 벌렁 누웠다. 하루 종일 침대에 누워 핸드폰을 보거나 TV를 보거나, 간간이 낮잠을 잤다. 침대에 누워 발가락을 까딱할 힘조차 없을 정도로 무기력했다. 몸은 느려졌지만 시간은 빠르게 흘러갔다. 누워만 있다 보니 다시 아이들을 맞이하는 시간이 더욱 힘겹게 느껴졌고 축 처진 몸에는 쉽게 피로가 차올랐다. 가끔은 두통에 시달리기도 했다. 분명 쉬었는데 이상하게 쉬지 않은 기분이 들고 공허함만 가득했다. 나의 삶은 시든 꽃처럼 생기를 잃었다. 세상의 모든 일이 시시하게 느껴졌고 나와 무관하게 흘러가는 것처럼 보였다.

그러나 글쓰기에 빠져들며 나는 삶의 목적을 다시 찾았다. 누군가를 위해 정제된 글을 쓰는 것의 가치를 깨달았고, 작은 것들을 지나치지 않고 그것을 통해 세상을 이해하며 행복을 느꼈다. 새로운 무언가를 배우는 것의 의미, 다양한 책을 통해 소양을 다지고 삶의 깊이를 이해하는 것 또한 인생의 중요한 과정임을 깨달았다. 무엇보다 시들지 않는 삶을 위해 몸과 마음을 건강하고 밝게 만들어야 한다는 것을 알게 되었다.

삶의 목적은 내게 주어진 시간을 얼마나 가치 있게 만드는가에 있었다. 하루에 단 몇 시간이라도 온전한 나로 생각하고, 꿈꾸고, 존재하는 시간은 삶을 비옥하게 이끌어 줄 것이라는 믿음이 생겼다. 자신만의 시간을 갖는 것에 대해 죄책감을 느낄 필요는 없었다. 좋은 엄마란 남편과 아이로부터 독립하여 자신만의 탄탄한 땅을 만드는 사람이라고 생각했기 때문이다. 서로에게 마음의 짐이 없는 삶을 살려면 내가 독립해야 했다.

태어나서 처음으로 나만의 시간표를 만들었다. 타인의 시선에서 벗어나 오로지 내가 하고 싶은 일들로 하루를 채웠다. 아이들을 보낸 후 매일 같은 시간 운동을 하고, 글을 쓰고, 책을 읽었다. 3개월, 6개월, 1년 단위로 목표를 세우고 실행했다. 글을 무턱대고 쓰는 것이 아니라 목표에 따라 성실히 써내려갔다. 나머지 시간은 쪼개고 쪼개어 청소, 빨래, 반찬을 만들거나 자전거를 타고 도서관에 가서 공부를 했다. 관심 있는 강의를 듣기도 했고 책에 등장하는 장소를 찾아가보기도 했다. 하루가 빽빽이 채워졌다. 누구도 나에게 시간표를 지켜야 한다고 재촉하지 않았지만, 지키기 위해 최선을 다했다.

어떤 때는 글쓰기에 너무나도 몰입한 나머지 아이들이 집에 도착할 시간이 되었는데도 마치지 않은 일들이 남아 있어, 째깍째깍 흘러가는 시곗바늘을 바라보며 심장이 요동치기도 했다. 그럴 때면 온 집안을 헐레벌떡 뛰어다니며 급하게 집안일을 했다. 정해진 기한이 있는 것도 아니고 하지 않는다고 해서 누군가 싫은 소리를 하는 것도 아니었다. 그저 자신과의 약속이기에, 그것이 내 삶인 동시에 일이라고 생각했다.

건조했던 일상은 풍성하게 채워졌다. 끊임없이 새로운 무언가를 마주하고 배워가는 일상은 삶에 활력을 가져다주었다. 삼십대 중반의 나이에 독서의 재미에 빠졌다. 예전의 나에게 책이란 시험이든 공부든 목적을 위해 반강제적으로 펼치는 것이었지만, 지금의 나에게는 세상을 이해하고 탐닉하는 새로운 세계가 되었다. 프란츠 카프카의 말처럼 책은 도끼가 되어 얼어 있던 나의 작은 바다를 부수었다.

깨어진 작은 틈으로 나는 새로운 세상과 만났다. 새로운 향기, 음색, 촉감, 색깔, 맛. 예전에는 보이지 않던 것들이 보이고 느껴지지 않던 것들이 느껴졌다. 그것이 주는 삶의 즐거움을 발견했다. 소설, 에세이, 시집 등 여러 분야의 책을 탐독했다. 그냥 읽고 스쳐지나가는 것이 아니라, 되새김질을 하듯 모르는 단어 하나, 문장 하나, 역사적 사실 하나 하나를 천천히 곱씹었다. 작가의 세밀한 관찰력과 통찰력이 묻어나는 표현을 발견할 때면 짜릿함이 밀려왔다. 그냥 흘려 보내지 않고 문장을 수집하고 정리했다.

배움이란 스스로 파고드는 것이다. 스스로 알아가는 재미를 발견하는 것이다. 나는 과연 그동안 무엇을 배웠던 것일까. 12년이라는 길고 긴 교육의 여정에서 나에게 남은 건 무엇이었을까. 단지 시험을 위해 공부를 했지, 진정한 나를 위한 배움은 없었다. 독립된 인간으로 주체성을 갖고 살아가기 위한 공부 말이다. 나는 독서를 만나고 나서 배움의 의미를 깨달았다. 삼십 대 중반이 되어서야 독서의 가치와 즐거움을 발견했다. 배움이 얼마나 삶을 깊이 있고 풍성하게 만드는지 말이다.

운동도 새롭게 배워나가는 것 중 하나다. 불과 1년 전까지만 하더라도 물에 뜨는 방법도 몰랐던 나는 지금 상급반에서 수영을 배우고 있다. 최근에는 오리발도 시작했다. 머지않아 오리발을 끼고 바다를 가를 수 있을 것 같다. 수영을 시작한 뒤 나에게는 크고 작은 변화가 생겼다. 운동에 대한 거부감이 줄어들었고 배우고 싶은 운동이 늘어났다. 문화센터 댄스강좌를 듣기 시작했다. 비루한 몸뚱이에도 자신감이 생겨 몸에 딱 달라붙는 과감한 레깅스를 입고 길거리를 활보하기도 한다.

아이와 함께 수영장에 가서도 위축되지 않는다. 타인의 시선을 의식하지 않고 일자 수영복을 입고서 아이와 시합을 즐긴다. 래시가드를 입고 선글라스를 낀 날씬한 엄마보다 몸매는 짱이지만 일자 수영복에 물안경을 낀 엄마의 모습이 아이에게 더 정겹게 기억되지 않을까. 나는 아이들에게 그런 엄마가 되어주고 싶다. 함께 땀 흘리고, 책 읽고, 공부하는 엄마. 그렇게 함께 성장하는 엄마가 되고 싶다.

돌이켜보면 나는 성취지향적인 사람이었다. 나는 나다운 하루를 보낼 때 삶에서 의미를 발견했다. 끊임없이 배우고 성장하고 새로운 무언가에 활짝 열려 있는 자신을 보며 행복했다. 깨어 있는 엄마의 모습이 아이에게도 분명 좋은 영향을 줄 것이라 믿었다. 건강한 엄마가 되기 위해서는 나로 쉴 수 있는, 나로 성장할 수 있는 나만의 땅을 찾아야 했다. 그러지 못할 때 찾아오는 우울과 불안은 모두 아이에게 전해진다는 걸 깨달았다. 엄마가 건강해야 아이가 건강할 수 있다는 것. 지난한 아들 넷 독박 육아에서 건져올린 나의 결론이었다.

인생이 엿가락처럼 늘어져 있다고 해서 행복한 것은 아니다. 하루를 천 일처럼 살며 수많은 의미로 하루를 채워갈 때 인생은 더욱 찬란한 광휘를 보여주었다. 새로운 것을 배우는 과정은 삶을 활기차게 이끌었고 다양한 책을 읽으며 쌓아가는 소양은 자양분이 되어 삶을 더욱 풍부하게 만들었다. 행복은 무언가를 소비할 때보다 경험을 소유할 때 더욱 커졌다.

지금 나는 누구보다 바쁘게 살고 있다. 아이들이 집에 없는 시간에 나는 내가 만든 시간표대로 삶을 살아간다. 매일 정해진 시간 글을 쓰고, 책을 읽고, 운동을 한다. 이제 더 이상 불안하지 않다. 자유를 온전히 누릴 방법을 깨달았으니까. 이 삶이 오롯이 나의 것이라는 것을 알게 되었으니까. 삶의 주인이 될 것인지, 노예가 될 것인지는 결국 자신의 몫이었다.

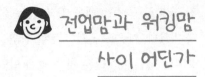
프리랜서의 삶이란 하얀 파도 위 포말처럼 위태롭다. 첫 책을 출간한 후에도 꾸준하게 글을 쓰며 매일 같은 시간 책상에 앉았지만 수중에는 한 달에 몇 십 만원조차 들어오지 않았다. 언제부턴가 무언가를 살 때마다 남편에게 허락을 구했다. 마트에서 장을 볼 때도 남편이 불필요하다고 언급한 것들은 장바구니에 쉽사리 담지 못했다. 모든 소비는 너무나도 자연스럽게 그의 의견을 기준으로 이루어졌다.

그렇게 되기까지 나름대로 이유는 있었다. 바로 남편의 잔소리였다. 무더위가 기승을 부리던 한여름, 마트에 갈 때마다 다섯 개에 이천 원 하는 아이스크림을 사와 냉동실에 쟁여두고는 했는데, 그때마다 남편은 아이들이 이런 식품을 가까이 하지 못하게 해야 한다고 한바탕 잔소리를 퍼부어댔다. 빙과류, 과자, 빵, 주스, 설탕 함유가 높은 유제품, 햄, 참치, 즉석식품 등을 자신의 동의 없이 냉장고에 들여놓은 날에는 가차 없이 잔소리가 날아왔다. 사사건건 냉장고 문을 열어 안에 있는 식품을 확인하는 그의 모습이 부담스러웠다. 오늘은 어떤 잔소리를 듣게 될까, 그의 시선과 행동 하나하나를 신경 쓰는 내가 비참하게 느껴졌다.

사실 그의 기준은 명확하지 않았다. 가끔 그 역시 선심 쓰듯 아무런 이유 없이 과자, 빵, 아이스크림을 사왔다. 그때마다 아이들은 양손 가득 담긴 아빠의 서프라이즈 선물에 열렬히 환호했다. 게걸스럽게 먹는 아이들을 남편은 매우 흐뭇한 얼굴로 바라보았다. '당신은 되고 나는 왜 안 되냐'는 질문은 입 밖으로 나오지 못한 채 흩어져버리고는 했다. 가끔 울컥하고 가슴속에 무언가가 차오를 때면 순식간에 화가 튀어 올랐다. 나는 안 되고 그는 되는 모순적인 논리는 아이스크림을 구매하는 하찮은 일에조차 적용되는 것이었다. 무너져버린 자존감은 가시 돋친 고슴도치처럼 말 한 마디, 한 마디에 예민하게 반응하게 만들었다.

돌이켜보면 적어도 경제적 자유가 있었던 예전의 나는 그렇지 않았다. 사고 싶은 것이 생기면 천 원, 이천 원 차이가 난다고 구매를 주저하지 않았고, 월급의 일정액은 자신을 가꾸는

데 투자했다. 아이가 원하면 빵, 과자, 아이스크림 등을 아낌없이 사주었고, 스스로 결정하고 이행하는 데 거리낌 없었다. 그래서 아이에게 아이스크림 하나조차 내 돈으로 사줄 수 없는 무능한 엄마가 되어버렸다는 사실이 가끔 나를 우울하게 만들었다.

"요즘도 집에 있는 거지? 하긴 아이들 때문에 일하기는 힘들 테니까."

누군가 요즘 어떻게 지내냐고 물어올 때면 나는 일을 하고 있다고 자신 있게 대답하지 못했다. 그냥 똑같지 뭐. 한참을 우물쭈물하다가 결국에는 씁쓸한 웃음을 지어보이고는 했다. 책한 권을 출간했다고 스스로를 작가라고 자신 있게 이야기할 용기도 없었고, 그렇다고 전업주부라고 말하기에는 이상하게 자존심이 상했다. 전업주부로서 가정을 알뜰히 가꾸고 식구의 먹거리를 안전하게 책임지는 것은 매우 가치 있는 일임에 분명했지만, 사회가 가지고 있는 인식 속 전업주부는 남편 월급으로 집에서 놀고먹는 존재에 가까웠다. 일하는 엄마는 능력이 있는 사람, 집에 있는 엄마는 무능력한 사람처럼 비춰졌다. 할 수 있는 일이 없기에 집에서 애나 보는 사람이라는 인식, 전업주부는 경제활동 인구의 범주에조차 들지 않는 잉여인간이었다.

가끔씩 서류를 작성하다가 직업란을 기재할 일이 생기면 한참을 주저했다. 과연 나는 전업주부일까, 일하는 엄마일까. 나조차도 둘 사이에서 좀처럼 갈피를 잡지 못했다.

경제적 능력이 없는 기혼 여성은 자연스럽게 전업주부로 분류되지만 사실 나는 스스로를 전업주부라고 인정하고 싶지 않았다. 단지 작업실을 임차하지 않았을 뿐, 매일 같은 시간 컴퓨터 책상에 앉아 글을 쓰고 또 쓰며 '일'을 하고 있었다. 첫애 방의 한 평 남짓 되는 작은 공간은 내게 일터와도 같았다. 비록 안정적인 수익을 가져다주는 건 아니었지만 글을 쓰며 나는 사회에 기여하고 있다는 공헌감과 작가라는 직업에 대한 자긍심을 느꼈다. 아이들이 집을 비운 사이, 마치 회사에 출근한 직원처럼 커피 한 잔을 내려 매일 같은 시간 책상에 앉아 글쓰기를 이어갔다. 글쓰기가 내게 곧 일이었고, 삶이었다.

그러나 아무리 생각을 거듭해보아도 나는 사회가 규정하는 '일하는 엄마'의 범주에 들어가지 않는 존재 같았다. 일하는 엄마라는 인식은 풀타임 근무를 하는 워킹맘에 한정되는 것이고, 안정적인 수입원이 없다는 사실은 스스로를 경제적으로 무용한 존재로 느끼게 했다. 내가 서 있는 지점은 워킹맘도 전업주부도 아닌, 그 사이의 매우 애매한 어딘가라고 생각했다. 아니, 냉정하게 이야기하면 내가 발 딛고 있는, 몸부림치고 있는 이

지점은 누군가에게 그저 전업맘으로 비춰질 뿐이었다.

"오늘 시간 되면 집안 청소 좀 해. 반찬도 만들어 놓고."
남편 역시 나의 일을 직업이라고 생각하지 않는 것 같았다. 내가 아이들이 비운 시간을 열심히 쪼개어 여러 일들을 바쁘게 진행하고 있다는 것을 알면서도, 그는 너무나도 쉽게 툭툭 집안일을 주문했다. 마감이 빠듯해 아이들이 잠든 늦은 밤까지 글을 쓰고 있는 나를 보면서도, 아이들 육아와 가사일에 대한 전적인 책임은 어디까지나 나에게 있다고 여기는 것 같았다. 그는 입버릇처럼 자기처럼 가정적이고 가사를 적극적으로 도와주는 남편은 없다고 말하고는 했다. 그가 육아와 가사일에 적극적인 고마운 남편인 것은 분명했다.
그러나 가사를 '도와주고 있다'는 그의 표현은 매번 마음에 걸렸다. 서로 사랑해서 결혼했고, 함께할 보금자리를 만들고 아이를 가졌는데, 육아와 가사는 '부부 공동의 일'이 아니라 '엄마이자 아내의 일'이라는 인식이 저변에 자연스럽게 깔려 있는 것 같았다.
언젠가 전업주부라는 단어를 사전에서 검색해보고는 놀랐던 기억이 있다. '다른 직업에 종사하지 않고 집안일만 전문으로 하는 주부'라는 사전적 의미에 이미 육아와 가사에 대한 전적인 책임이 포함되어 있었다. 안정적 수입이 없는 일을 하고 있다면, 내가 어떤 일을 하든 결국 나라는 사람은 전업주부의 범주를 벗어나지 못하는 것이라는 생각이 들었다. 그렇게 된다면 결국 내 삶에서 1순위는 사전적 의미에 내포된 것처럼 육아와 가사가 되어야 했다. 매일 집으로 출근하지만 안정적인 수입은 딱히 없는 프리랜서의 삶, 몸부림쳐봐도 결국 나는 전업맘이라는 타이틀에 묶여 있다. 그리고 일과 쉼의 경계가 명확하지 않은 전쟁터에서 매일 보이지 않는 싸움을 이어가고 있다.

일과 삶의 무게가 동시에 드리워질 때면 간사하게도 불과 몇 개월 전 찾아왔던 이직 제의가 떠오르곤 한다. 연봉도 높고 근무시간도 유연한, 탄탄한 회사였다. 기회를 잡아야 했을까. 너무 성급하게 포기한 건 아닌가 하는 후회가 밀려들기도 한다. 대기업의 과장으로 살아간다면 남들에게 떳떳하고 조금 더 내목소리를 내며 살아갈 수 있을 것이다. 일과 쉼의 경계도 지금보다는 명확하게 그어졌을 것이다. 최소한 일하고 왔다는 생색은 낼 수 있을 것이니 말이다.

그러나 회사에 다니기로 결정했다면 과연 나는 행복했을까하는 의문이 든다. 경제적 여유는 훨씬 더 생겼겠지만 지금 누리고 있는 아이들과의 소중한 시간을 포기해야만 했을 것이다.

아이가 어떻게 컸는지조차 선명하게 기억나지 않는 첫애의 유년시절처럼 수많은 시간을 거리 위에서 허비했을 것이다. 지난 8년간 그래왔던 것처럼 쳇바퀴 돌듯 이어지는 일상을 보내며 왜 사는가, 어떻게 살아야 하는가에 대해 생각조차 하지 못한 채 삶의 물줄기들을 무의미하게 흘려 보냈을 것이다. 다들 그렇게 사니까. 그렇게 위안하며 하루를 가까스로 밀어 보내고 다시 맞이했을 것이다.

인생은 선택과 후회의 연속이다. 우리는 태어나서 죽을 때까지 무수히 많은 선택 속에서 살아간다. 삶의 기로에서 직업을 선택하고, 사랑하는 사람을 만나 결혼을 하며, 고슴도치처럼 사랑스러운 아이를 갖기로 결심하기도 한다. 아침에 눈을 뜬 순간부터 잠에 들기까지 하루는 어쩌면 수많은 선택이 연속되어 빚어낸 결과물이다.

그런데 가끔 삶에는 설명조차 할 수 없는 강한 끌림이 작용하는 것 같다. 세쌍둥이를 출산하고, 회사를 그만두고, 독박 육아를 시작하고, 글쓰기를 만났던 일련의 시간은 선택이 아닌 운명에 가까웠다. 이성적으로 생각하면 좋은 직장, 높은 연봉, 괜찮은 복지, 유연한 근무시간이 확보되는 직업을 선택해야 했지만, 내면의 소리가 이끄는 대로 새로운 것을 배우고, 도전하고, 성장하며 확장되는 삶이 더욱 가치 있는 길이라고 느껴졌다. 따르지 않으면 후회할 것 같은, 설명할 수 없는 강한 끌림. 그게 매번 내가 내린 결론이었다.

나는 전업맘이다. 워킹맘과 전업주부의 중간 어느 지점에서 부단히 하루를 보내고 있는 전업맘이다. 하루 종일 다양한 일을 하며 가치 있는 삶을 살고 있다고 믿고 싶지만, 사회 통념상 전업맘이라는 단어로밖에 설명할 수 없는 삶을 살고 있는 별수 없는 엄마이기도 하다. 전업맘과 워킹맘 사이에는 어느 한쪽으로 단정지을 수 없는 애매한 지점에 있는 수많은 이들이 있다. 전업맘과 워킹맘, 그 어떤 단어로도 정의할 수 없는 삶 말이다. 그러나 그들의 삶은 겉으로 보이는 것 만큼 단조롭거나 평화롭지 않다. 자신을 찾기 위해 부단히 노력하고, 작은 돈이라도 벌기 위해 열심히 부업을 하며, 지치고 흔들릴 때마다 사랑하는 아이들의 눈동자를 바라보며 내가 딛고 있는 자리를 안쓰럽게 쓰다듬을 것이다.

언젠가 전업맘으로서 내가 파업을 하게 되었을 때 발생하는 경제적 비용을 추산해본 적이 있다. 구인구직 사이트에 올라온 채용 조건을 살펴보면 출퇴근 조건(1일 10시간, 주 5일)의 육아도우미 비용으로 월 200만 원 이상을 지급하겠다는 글을 쉽게 찾아볼 수 있는데, 5세 미만 아이, 형제가 있는 아이 등 추가비용을 내야 하는 조건이면 200만 원이 훌쩍 넘었다. 세 돌이 넘은 세쌍둥이와 열 살 첫애를 돌봐줄 사람을 구하려면 월급으로 최소한 300만 원 이상은 줘야 한다는 계산이 나왔다. 여기에 가사 일을 추가한다면 비용은 한없이 올라갈 것이다. 객관적으로도 육아와 가사를 병행하며, 하루하루 글을 쓰며 나름의 일들을 하고 있는 나의 삶은 이미 경제적 가치가 높은 삶이었다.

세상에는 단조로운 일상을 사는 것처럼 보여도, 열심히 일하고 꿈을 꾸는 수많은 엄마들이 있다. 그 안에 속해 있는 나 역시 하루하루 힘겹게 육아를 하고, 가사노동을 견디고, 열심히 일하고 꿈을 꾼다. 이제 나는 전업맘이라는 단어를 다시 정의하고 싶다. 전업맘은 '다른 직업에 종사하지 않고 집안일만 전문으로 하는 주부'가 아니다. '누구의 삶보다 가치 있고 무한한 가능성이 있는 엄마'다. 전업맘은 집에서 놀고먹지 않는다. 단지, 집으로 출근할 뿐이다.

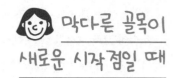

막다른 골목이 새로운 시작점일 때

"김아영 작가님 되시나요?"

책을 출간한 뒤, 한 통의 전화를 받았다. 제법 규모가 있고 스타 강사들이 소속된 강연 기획 업체였다. 중소형 강연을 대폭 늘리려고 하는데 엄마들을 위한 강연을 진행해달라는 요청이었다. 수화기 너머 들려오는 설명을 들으며 심장은 빠르게 요동치고, 아무 생각이 나지 않았다. 전문 강사도 아닌 내가 한 시간이 넘는 시간을 잘 이끌어갈 수 있을까, 도저히 자신이 서지 않았다.

언제부턴가 남들 앞에서 말을 하는 게 두려워졌다. 온종일 집에 갇혀 말할 기회를 잃었을 때는 남편과 대화하는 것조차 부담스러웠다. 자꾸만 말이 헛나가고 단순한 단어조차 더듬었다. 가끔 여러 사람이 모이는 자리에 나가면 긴장감을 느꼈다.

"제가 전문 강사도 아니고 조금 부담스러운 게 사실이네요."

가슴이 요동쳤지만 나는 애써 담담하게 대답했다. 정말 좋은 기회임에는 틀림없다. 그러나 도저히 자신이 서지 않는다. 가슴팍이 새빨개진 채로 차갑게 얼어 강단에 선 내가 보이는 것만 같았다.

"실은 저희 아내가 작가님 책을 읽었습니다. 정말 감동적이라고 이야기하더군요. 그냥 지나온 삶을 담담히 말씀해주시면 될 것 같습니다. 그것만으로 충분할 것 같아요."

그의 이야기를 들으면서 여러 생각이 복잡하게 얽혀왔다. 내가 책을 쓴 이유는 한때의 나처럼 불안하고, 막막하고, 힘겨운 누군가에게 위로와 용기를 주고 싶어서였다. 어쩌면 강연이라는 자리를 통해서도 내가 실현하고자 하는 가치가 전달될 수 있을 것 같다는 생각이 스쳤다. 누군가 내 이야기를 통해 용기를 갖고 삶을 조금 다른 시선에서 바라볼 수 있게 된다면 행복할 것 같았다. 막연히 언젠가 강연을 해보고 싶다는 생각을 한 적도 있었다. 그 막연한 언젠가가 내 삶에 찾아왔다는 생각이 들었다. 그래, 바로 지금.

"해볼게요. 열심히 준비해 많은 사람들에게 울림을 줄 수 있는 강연을 만들어볼게요. 최선을 다해볼게요."

강연 당일 아침이 밝았다. 오늘의 모습을 수없이 상상했지만 그 오늘이 되었다는 것이 여전히 믿어지지 않았다. 아침부터 너무 긴장이 되어 도망가고 싶은 마음이 일렁였다. 그토록 기다렸건만 눈을 뜨자마자 오늘이 아니었으면 하는 생각이 스쳤다. 과연 강연을 순조롭게 마칠 수 있을까. 불안감이 밀려들었다. 하지만 오랜만에 느껴보는 불안감마저 반가웠다.

중요한 날은 시작부터 순조롭지 않은 법이다. 하필 남편이 새벽 비행이 있는 날이라 아이들의 아침 준비와 나갈 채비를 동시에 진행해야 했다. 친정엄마에게 손을 벌릴까 잠시 고민했지만 부모님은 남해여행을 떠난다고 했던 것 같다. 언제나 그렇듯 새로운 꿈을 꿔도, 무언가를 시작해보려고 해도, 엄마라는 무게는 여전히 나에게만 드리워져 있었다.

평소보다 삼십분 정도 일찍 일어나도록 알람을 맞춰두었다. 아들 넷에게 아침을 먹이고 한 명씩 차례대로 씻겼다. 옷을 입히고 어린이집 가방을 챙겼다. 첫애는 일찌감치 학교로 떠났고 나는 세쌍둥이를 어린이집에 맡기고 출발했다. 엄마가 된 후 외출 준비는 단출해졌다. 강단에 선다는 말을 듣고 친정엄마는 예쁜 원피스를 주문해준다고 했지만, 오늘 강연은 나의 삶을 이야기하는 자리였다. 가장 나다운 모습으로 사람들 앞에 서는 것이 맞다고 생각했다. 흰 셔츠와 검은색 바지, 꾸미지 않은 수

수한 모습으로 집을 나섰다.

　강연을 하게 될 곳은 집에서 한 시간 남짓의 거리에 위치한 수원의 호텔이었다. 지하철에 오르자마자 심장이 미친 듯이 뛰었다. 그런데 이렇게 심장이 뛰어본 게 언제였는지 아무리 생각해도 기억이 나지 않았다. 나란 사람, 엄마가 되고 나서 참 건조한 삶을 살아왔구나. 가슴이 뛰지 않는 삶을 살아온 내가 안쓰럽게 느껴졌다. 엄마가 되고 나서 나의 삶은 아이들에 대한 추억으로만 채워졌다. 아이들로 인해 가슴 뛸 듯 기쁘고 즐겁고 행복하고 괴로웠지만, 온전한 나의 색은 아니었다. 떨리는 가슴에 미소 지으며 남은 삶은 오랫동안 잊고 살았던 나의 색으로 채워보자고 다짐했다.

　강연장에 도착하니 강연업체 직원과 사회자가 나를 맞이했다. 사회자의 표정이 썩 좋지 않았다. 예상보다 사람들이 많이 오지 않았다고 했다. 100~150명을 수용할 수 있는 규모의 강연장이었는데 강연을 찾은 사람은 30명에 불과했다. 강연을 위해 동원된 여러 직원들이 일제히 나를 바라보았다. 이상한 죄책감과 긴장감이 밀려들었다.

　"이제 본 강연이 시작됩니다! 오늘의 강사, 아넷맘 김아영 작가를 모시겠습니다!"

　부들부들 떨리는 가슴, 땀으로 젖은 손, 부자연스러운 모나

리자 미소를 장착한 채 강단으로 들어섰다. 머릿속이 깜깜해져 아무 생각도 나지 않았다.

"반갑습니다. 〈어느 날 갑자기 벼락엄마〉의 저자, 김아영입니다."

무대에 서자 긴장감이 온몸을 감쌌다. 수많은 눈동자가 나를 향해 빛나고 있었다. 맨 뒷줄 구석에 앉은 사람의 표정까지 한눈에 들어왔다. 어느덧 긴장감은 사라졌다. 사람들의 눈빛에서 뿜어져나오는 형형색색의 에너지가 천천히 내 몸에 스며드는 것 같았다. 조금씩 마음이 평온해지고 기분 좋은 흥분이 머릿속을 채웠다. 나는 살아 있었다. 파란 바다를 힘차게 헤엄치는 고래처럼, 바다의 물결에 내 몸을 맡겼다.

불과 몇 년 전까지 책을 출간하고, 사람들 앞에서 이렇게 강연하게 되리라고는 생각조차 하지 못했던 평범한 엄마였다. 기계처럼 살다가 회사에서 내버려진 경단녀에 지나지 않았다. 내세울 것이라고는 눈곱만큼도 없는 아들 넷 엄마였다. 그러나 내 삶에 찾아든 기적은 누구의 삶에도 일어날 수 있다. 그 기적이 당신의 삶에도 일어날 수 있다고 이야기하고 싶었다. 그렇게 나는 쏟아냈다. 내가 가진 모든 에너지를. 거침없이, 후회 없이.

"오늘 강연이 처음이라고 하셨는데 절대 믿어지지 않습니다. 여러 번 소름이 돋은 감동적인 강연이었습니다."

강연이 끝난 후 업체 직원이 말했다. 비록 사람은 적었지만 정말 좋은 강연이었다고 했다. 몇몇 사람들은 강연이 끝나고도 자리를 떠나지 않고 사진을 함께 찍자고 요청하거나, 이메일 주소를 묻기도 했다. 실수 없이 강연을 마쳐 다행이라고 생각했다.

사실 처음 강연장에 도착했을 때 생각보다 사람이 적어 조금 실망하기도 했다. 그러나 사람들의 빛나는 눈동자를 바라보며 내가 더 큰 에너지를 받았다. 포천에서 수원까지 두 시간이 넘는 거리를 왔다는 두 아들의 엄마, 강연 내내 눈물을 글썽이던 엄마, 감동적인 강연이었다고, 앞으로도 나를 응원하겠다고 말해주었던 엄마…. 강연은 주는 게 아니라 받는 경험이었다. 이들과 함께여서 더없이 소중하고 행복했다.

집으로 돌아오니 아침에 마치지 못한 수북한 설거지가 눈에 들어왔다. 거실은 널브러진 장난감으로 발 디딜 틈조차 없었다. 아수라장이 된 집구석, 아들 넷 엄마라는 자리. 다시 현실이다. 태연하게 설거지를 시작했다. 슬며시 눈을 감아보았다. 기적 같던 하루가 파노라마처럼 머릿속을 스쳤다. 지금 이 순간조차 꿈속을 거닐고 있는 느낌이 들었다. 왼쪽 가슴에 손을 대어보았다. 심장이 뛰고 있었다. 아직도 뜨거운 심장은 꿈이 아니라고 이야기해주는 것 같았다.

한때 직장을 잃고 쓸모없는 인생이 되었다고 좌절했던 평범한 엄마가 강단에 서게 될 줄 누가 알았을까. 살면서 가끔 길이 보이지 않을 때가 있다. 막다른 골목에 다다랐을 때, 더 이상 희망이 보이지 않을 때. 그러나 길은 끊긴 게 아니었다. 자세히 보면 완전히 새로운 길이 보이기도 한다. 삶이란 그런 것이다.

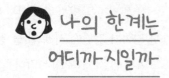

나의 한계는 어디까지일까

책을 출간한 뒤 생각지도 못한 일들이 찾아왔다. 브런치, 네이버 등 여러 플랫폼에서 연재를 시작한 후부터는 다양한 매체로부터 제안을 받기도 했다. 주체에 따라 제안은 다양했다. 오프라인 강연 업체에서 강연 섭외가 들어오기도 했고, 방송사에서 출연 요청이 온 적도 있다. 한 육아 커뮤니티에서 내 글을 연재해도 괜찮을지 물어오기도 했고, 두 번째 책을 투고 없이 바로 계약하기도 했다.

과분한 제안이 들어올 때는 자신을 객관적으로 바라보려고 노력했다. 내가 정말 그럴 만한 가치가 있는 사람일까. 이런 제안을 받아도 될 그릇일까. 이 경험이 내가 지향하는 가치와 같은 흐름일까. 고민을 거듭할 때마다 분명하게 떠오르는 건 천천히, 자연스럽게, 나의 일상을 침범하지 않는 선에서 해야 한다는 생각이었다. 그리고 마음을 움직이는, 실현하고자 하는 가치와 하나의 결이 되어야 했다. 무리하게 일을 벌인다면 아이들과의 일상이 깨질 수도 있을 거라 생각했다. 엄마라는 자리는 지치고 힘들었지만 모순적으로 내 삶에서 가장 가치 있는 자리이기도 했기에, 이 사이에서 아슬아슬하게 균형을 유지하되 한 사람으로서의 삶을 포기하지 않아야 했다.

메일함에 새로운 메일이 도착할 때마다 심장이 두근거렸다. 마치 커다란 보물 상자를 열기 직전의 설렘, 내 삶에도 이런 떨림이 남아 있다는 것이 감사했다. 내 글이 누군가의 마음을 움직이게 만들었다는 사실 자체로 나는 여전히 쓰임이 있는 사람이라는 위안이 들었다. 나의 삶은 하얀 도화지처럼 빛났다. 처음에는 어떤 그림도 그리지 못하는 막막한 백지가 되었다고 생각했지만, 그 백지는 어떤 그림이든 그려 넣을 수 있는 커다란 가능성으로 돌아왔다. 큰 회사에 몸담았던 과거의 나는 평생 회사원으로 살아갔을 테지만, 지금의 나는 새로운 것을 배우고, 느끼고, 꿈꾸고, 도전하며 훨씬 더 능동적으로 삶을 바라볼 수 있게 되었다.

새로운 메일을 확인한 건 얼마 전의 일이다. 한 라디오 프로그램의 프로듀서가 보내온 메일이었다.

"안녕하세요. 저희 프로그램에 작가님의 글을 직접 낭독해주시는 시간을 가지면 좋을 것 같아서 메일 드립니다. 녹음은 다음 주중에 진행될 예정입니다."

그녀는 내 글의 구독자였다. 새롭게 편성될 코너의 첫 낭독자로 나를 섭외하고 싶다는 내용이었다.

"연재하셨던 글 중 아이들에 관한 에피소드 한 편을 골라 읽어주셨으면 하는데요, 작가님께서 두 편 정도 추천해주시면 좋을 것 같아요."

내가 쓴 글이 라디오에 소개되는 것만으로도 영광스러운 일인데, 나의 목소리로 직접 낭독할 수 있는 기회라니. 메일을 읽어내리며 온 피부에 가느다란 솜털이 촘촘히 일어서는 것처럼 설레었다. 첫 책에 실린 내용 중 두 편의 에피소드를 추려 답장을 보냈다. 낭독할 글과 녹음 날짜가 속전속결로 정해졌다. 녹음은 다가오는 목요일. 일주일도 채 남지 않은 상황이었다. 주말에는 독박육아로 시간이 녹록치 않기에 주중을 활용해 연습을 시작하기로 했다.

"그냥 읽으면 되지. 무슨 연습을 하는데? 당신 책이잖아."

아이들이 집을 비운 시간, 책상에 앉아 낭독 연습을 하는 나를 보며 남편은 비웃었다. 그의 말이 틀린 것은 아니었다. 낭독할 글은 수십 번씩 퇴고하며 지겹게 들여다보았던 내 책의 일부였다. 그랬기에 누구보다 자신 있게 입에 붙어야 했지만 이상하게도 휴대폰 녹음 버튼을 누르고 읽기 시작하면 혀가 꼬이고 버벅거리기 일쑤였다.

회사를 퇴사한 후 하루 종일 말할 대상도 없이 아들 넷을 육아했던 시간은 감옥에 갇힌 것처럼 답답했다. 자연스럽게 말수가 줄어들었고 긴 문장을 한 번에 이야기할 때면 나도 모르게 말실수가 터져 나왔다. 우리 집에는 '김아영 어록'이 생겼다. 키친 타올은 치킨 타올로, 수영장은 수앵장으로, 고래밥은 고리뱁으로, 이상하게 혀가 꼬일 때면 남편은 목젖을 활짝 연 채 깔깔대며 웃었고 나는 눈꼬리를 힘껏 치켜세우며 살벌하게 그를 노려보고는 했다.

녹음된 음성파일이 재생되자 손발이 오글거리며 쥐구멍이 있다면 당장이라도 숨어버리고 싶은 충동이 일었다. 겁 없이 하겠다고 한 것은 아닌지 걱정이 밀려들었지만 이내 마음을 다잡고 다시 연습을 이어갔다. 꾸준히 낭독과 녹음을 반복했고, 끊어 읽는 구간과 자주 실수하는 곳을 체크하여 그 구간을 읽을 때는 더욱 주의를 기울였다. 주어진 시간은 며칠 되지 않았지만 최선을 다했다. 녹음 파일을 핸드폰에 저장해서 길을 걷거나 자전거를 탈 때 수시로 들었고, 아예 대본을 싱크대에 붙여놓고 설거지를 하는 와중에도 또박또박 큰 소리로 읽어내렸다. 노력은 배신하지 않는다고 했던가. 목소리와 속도가 어느 덧 안정을 찾아갔다. 눈에 띄게 말실수도 줄어들었다. 녹음된 내 목소리를 크게 들으면서도 민망하지 않은 순간이 왔다.

어느덧 목요일 아침이 찾아왔다. 스튜디오는 집으로부터 두 시간이 족히 걸리는 거리였다. 이른 아침부터 지하철에 부지런히 몸을 실었다. 이 시간에 지하철에 오른 건 정말 오래간만이었다. 회사를 다닐 때는 지하철에 자리를 잡자마자 핸드폰을 꺼내 들고 밀린 드라마를 보기 바빴는데, 오늘은 이 풍경이 생경하게 느껴졌다. 고개를 들어 주변을 둘러보았다. 영어 단어를 열심히 외우고 있는 대학생, 민낯으로 자리에 앉아 금세 풀 메이크업을 마친 직장인, 얼굴에 오이를 덕지덕지 붙인 채 야채 칼을 팔고 있는 할머니, 면접을 보러 가는지 단정한 정장을 입고 벽면에 서서 뭔가를 외우고 있는 여자가 시야에 들어왔다. 그녀와 눈이 마주치자 이상하게도 눈물이 핑 돌았다. 10년 전 취업준비생이었던 어린 내가 떠올랐다. 이른 아침 조간신문을 스크랩해서 시사면접 문제를 예상해보고, 오가는 시간을 낭비하지 않기 위해 영어 강의를 들었던 내가 보였다. 면접 날, 정장을 차려 입고 지하철 벽면에 서서 눈을 감고 면접 멘트를 외우던 내가 바로 앞에 있는 것 같았다.

흘러간 시간은 진저리나게 지겹던 공간마저 새로운 시선으로 바라보게 만들었다. 삶이 흔들릴 때면 가끔은 익숙하지 않은 풍경 속으로 들어가 내가 서 있는 자리를 되돌아보는 것이 필요했다. 학비를 벌기 위해 부지런히 서빙하는 아르바이트생, 취업박람회를 찾은 수천 명의 취업 준비생, 일용직 일감을 얻기 위해 첫차에 몸을 실은 사람들, 늦은 저녁까지 재래시장에 앉아 집에서 다듬어 온 고사리를 팔고 있는 할머니. 그들의 삶은 한때 나의 삶과 닮아 있었고, 언젠가 내가 마주할 삶의 모습이 될 수도 있었다.

잊고 있던 기억을 천천히 되새기며 지금 내 삶의 위치를 바라보았다. 내가 얼마나 행복한 사람인지, 내가 얼마나 성실한 사람인지, 내가 앞으로도 얼마나 가능성이 있는 사람인지 생각해보았다. 조금만 더 열심히 살아보자고 다짐했다. 지금까지 살아왔던 것처럼, 오늘 하루를 보내자고 다짐했다. 가방 속에서 낭독 대본을 꺼내들어 다시 읽어보았다. 난장이가 쏘아 올린 작은 공이 언젠가 찬란한 기적을 만들 것이라 생각하면서.

"안녕하세요. 김아영입니다."

1층에서 김 PD를 만났다. 우리는 곧장 6층에 위치한 녹음실로 이동했다. 라디오 부스에 앉자 고요하던 심장이 갑자기 쿵

쾅대기 시작했다. 목소리는 염소처럼 떨렸고 누가 잡을 새라 빠른 속도로 달음박질쳤다. 떨리는 가슴을 부여잡고 가까스로 첫 번째 녹음을 마쳤다. 긴장한 나머지 손이 저려왔다.

"처음이라는 게 믿기지 않을 정도로 발음, 목소리 너무 좋으세요. 그런데 한 가지. 원래 말이 빠르신가 봐요. 조금만 느리게 해 봐요."

사실 나는 원래 말이 느린 편이다. 들키지 않으려고 노력했지만 요동치는 나의 심장이 말의 속도를 빠르게 채찍질한 것이었다. 깊게 심호흡을 내뱉은 후 두 번째, 세 번째 녹음을 이어 갔다. 녹음을 반복하며 세차게 방망이질을 하던 가슴도 서서히 고요를 찾아갔다.

"좋아요! 속도도 괜찮고 이번 걸로 쓰면 될 것 같아요."

녹음실에 들어간 지 세 번 만에 오케이 사인을 받았다. 두 시간 걸려 도착한 곳에서 30분도 지나지 않아 다시 빠져나오는 기분은 실로 묘했다. 30분 동안 꿈을 꾼 것 같은 기분이 들었다. 그녀가 나에게 건넨 마지막 한 마디가 발걸음을 더욱 비현실적으로 느끼게 만들었다.

"요즘 성우들은 과거처럼 완전 성우 같은 톤은 아니에요. 오히려 편안한 목소리의 성우들이 많아졌어요. 작가님 목소리가 그래요. 정말 잘하셨어요."

언제부턴가 남들 앞에서 말할 때면 그렇게 위축되었던 내가, 집에서 말을 더듬을 때마다 남편을 힘껏 째려봤던 내가 성우를 연상시키는 편안한 목소리라니. 이런 과분한 칭찬은 처음이었다. 그녀의 한 마디가 잠잠해진 내 마음에 파문을 만들었다. 심장이 다시 뛰기 시작했다.

첫 강연 제의를 받았을 때, 라디오 낭독 제안을 받았을 때, 하고 싶다는 생각보다 주저함이 먼저 솟아오른 게 사실이다. 그런데 생각을 거듭하면 할수록 이런 생각이 들었다. 어떻게 보면 삶은 너무 지루하고 긴 여정이 아닐까. 기나긴 인생을 살면서 이런 이벤트조차 없다면 삶이 너무 무료하지 않을까. 잘하든 못하든 마음이 끌린다면 도전해보고 싶었다. 결과가 좋지 못하더라도 포기했을 때 느낄 후회보다는 나을 것 같았다. 동시에 궁금했다. 앞으로 내 삶에 어떤 그림들을 그려나갈 수 있을까. 어떤 이벤트를 만들어갈 수 있을까. 과연 나의 한계는 어디까지일까 하는.

건물에서 나가자 6월 말의 강렬한 태양이 온 거리를 비추고 있었다. 차가운 겨울 같던 내 가슴 안에도 한여름의 태양이 뜨겁게 내려앉고 있었다.

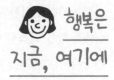

행복하다고 했다. 남편은 지금이 우리 인생의 가장 행복한 순간이라고 말했다.

"여보, 지금 당장은 힘들겠지만 나는 바로 지금이 우리 인생에서 가장 행복한 순간이라는 생각이 들어."

그의 의도를 이해할 수 없었다. 육아에 찌들어 지쳐 보이는 나에게 작은 희망이라도 건네주려는 것인지, 아니면 꿈을 이룬 자신의 삶에 도취되어 이제야 인생의 행복론을 설파하고 싶은 것인지, 정확히 파악할 수 없었지만 한 가지는 분명했다. 나는 행복하지 않다는 것. 일도 미래도 인생도, 모든 것을 포기하고 아들 넷의 무게를 오롯이 짊어져야 했던 나는 전혀 행복하지 않았다.

'그래. 너는 행복하겠지. 난 행복하지 않아…'

영혼 없는 눈빛으로 그의 말을 흘려보냈다. 일 때문에 사실상 한 달에 절반은 집에 들어오지 않는 남편의 입에서 행복이라는 단어가 나오다니 왠지 모르게 섭섭했다. 나에게는 매일이 전쟁이고 행복이라는 단어를 떠올릴 겨를도 없는 팍팍한 일상이었기 때문이다.

그렇지만 나도 인정하는 것은 있었다. 그것은 바로 첫애. 어느 순간 훌쩍 커버린 열 살 첫애를 바라보고 있으면 아이와 함께했던 시간이 참 빠르다는 생각이 들었다.

"엄마! 이제 나도 십대야! 십대! 나도 다 컸다고."

아이의 입에서 십대라는 단어가 나올 줄은 몰랐다. 아이의 입에서 십대라는 단어를 들은 순간 누군가 뒤통수를 세게 때린 것처럼 멍해졌다. 첫애에 대한 기억은 세쌍둥이가 태어난 그해에 멈춰 있다. 정신없이 육아에 집중했던 시간 동안 첫애의 유년은 흘러가버린 시간과 함께 사라졌다. 내 가슴 안에 아이는 여전히 일곱 살 아이로 멈춰 있다. 유달리 커다랗고 새까만 눈망울로 만삭의 배를 어루만지며 동생들에게 사랑해, 속삭이던 귀여운 일곱 살 아이의 모습으로.

지난 3년간의 기억이 떠오르지 않는다. 아이가 무엇을 좋아했는지, 아이를 몇 번이나 쓰다듬고 안아주었는지 기억이 나지 않는다. 훌쩍 커버린 아이의 얼굴을 바라볼 때마다 가슴이 미어지고 아프다. 이제 아이는 엄마보다 친구들과 놀기를 더 좋아한다. 학교 수업이 끝난 후 잠시 친구네 집에서 놀고 오는 것을 하루 일과 중 가장 즐거운 시간이라고 말한다. 아마 앞으로 아이의 삶에서 내가 차지하는 공간은 점점 작아질 것이다.

아이들과의 하루는 여전히 힘들고, 지친다. 그래서 아이들이 자라 하루 빨리 아들 넷 육아 지옥에서 벗어나고도 싶다. 그러나 한편으로는 아이들이 자라는 게 아쉽다. 아이들의 사랑스러운 얼굴을 한 번이라도 더 마음에 담아두지 못해 아쉽고 어느새 아기 태를 제법 벗고 훌쩍 커버린 아이들의 모습을 보고 있으면 가슴이 짠하다. 아이들과의 하루하루가 내 인생에서 다시는 돌아오지 않을 것이라는 걸 안다. 그래서 나는 오늘도 이 두 가지 상반된 욕구 사이에서 맴돈다.

솔직히 나는 아이들을 좋아하는 편이 아니었다. 길거리를 걷다가 아기를 안고 있는 엄마에게 아기 띠 사이로 볼록 튀어나온 맨발이 귀여워 만져도 되는지 물어본 적은 있지만, 친척 동생과 몇 시간 놀아주는 것조차 따분하고 귀찮게 생각했던 이기적인 철부지였다.

그런 내가 아들 넷의 엄마가 되다니, 인생이라는 것이 참 아이러니하지만 그런 철부지였기에 아이들을 키우는 시간은 단지 육아 이상으로 삶을 배우는 시간이 되었다. 아이들이 아니었다면 나는 아직도 울지 않는 순한 아기의 모습을 육아의 전부라 착각하고, 월급의 대부분은 오롯이 자신을 위해 투자하며, 남들 사는 것, 남들 입는 것을 기준으로 소비하는 것을 행복의 척도로 삼았을 것이다. 하루아침에 벼락처럼 아이가 찾아오지 않았더라면 아마 나는 엄마가 되는 것을 망설였을 것 같다. 아이를 낳지 않고 결혼생활을 이어가는 딩크족이 되거나, 비혼주의자가 되었을지도 모른다. 어린 시절 행복이란 철저히 나만의 것이었기 때문이다.

결혼 전 내게 행복의 기준은 철저히 타인의 시선을 의식한 것이었다. 대기업에 들어가는 것, 월급날이면 분위기 있는 와인바에서 친구들과 프랑스산 샤르도네 와인을 즐기는 것, 친구의 명품백을 몰래 기억해두었다가 따라 사는 것, 휴가 땐 고급 리조트에서 남들에게 보여줄 사진을 찍는 것. 언제나 행복은 타인의 시선을 의식한 지위의 총합이었다. 남들만큼 해야 했다. 적어도 남들보다 뒤처지면 안 되었다. 평생을 경쟁 체제에서 성장해온 나에게 그것은 당연한 사고였다. 시험 점수가 친구보다 낮으면 좌절했고, 취업하지 못했을 때는 나도 모르게 취업한 친구를 피했다. 행복은 언제나 내가 아닌 타인의 기준에 맞춰져 있었기에, 남들에게 인정을 받았을 때 최고조가 되었다.

　왜 한국인들은 유독 행복을 치열히 경쟁하는 것일까? SNS
에는 고급 리조트에서의 여유로운 모습과 남들이 부러워할 만
한 명품 사진이 가득하지만 과도한 경쟁 안에서 사람들은 진정
한 행복을 찾지 못하고 있다. 2018년 유엔 자문기구에서 조사
한 세계 행복지수에 따르면 우리나라의 행복지수는 157개국
중 57위에 해당하며, 비교 대상을 OECD회원국으로 한정하면
34개국 중 바닥권인 32위에 해당한다. 행복한 사진이 가장 많
은 나라, 하지만 가장 행복하지 않은 나라. 도대체 무엇이 잘못
된 걸까?

　행복에 대한 나의 시선이 변하기 시작한 건 세쌍둥이를 임
신했을 때였다. 세쌍둥이 임신 20주차에 이미 내 배는 일반 산
모의 만삭에 해당하는 크기가 되었고, 이후 쳐다보기가 위태로
울 정도로 심각하게 커졌다. 가끔 누워 나의 배를 쳐다보면 혹
시라도 빵 하고 터져버리지 않을까 하는 상상에 사로잡히기도
했다. 급격한 체중 증가, 커다란 배, 심각한 부종까지. 세쌍둥이
임신은 나의 삶을 처절하게 무너져내리게 만들었다.

　기존에는 아무 생각 없이 해왔던 일들, 이를테면 침대에 눕
기, 앉아서 컴퓨터 하기, 샤워하기, 신발 신기, 바닥에 앉았다

일어나기 등 그 어떤 것도 스스로 할 수가 없었다. 똑바로 누우면 자궁이 배를 눌러 숨쉬기가 힘들었고, 앉았다가 일어날 때는 급격히 증가한 체중을 버티기 힘들어 무릎에 통증을 느꼈으며, 몸 구석구석까지 손이 닿지 않아 스스로 씻는 것도 힘들었다. 출산 직전에는 심각한 부종으로 손가락이 제대로 굽혀지지 않아 유리그릇을 놓쳐 구급차에 실려간 일도 있었다. 지금 책상에 앉아 글을 쓰는 일조차 그때는 감히 상상하지 못한 일상이었다.

혼자 앉았다가 일어나기도 버거웠던 그때를 떠올리면 지금 내가 누리고 있는 평범한 일상이 얼마나 소중한가 하는 생각이 든다. 세쌍둥이를 임신했던 시간은 살면서 무심코 흘려보냈던 행복에 대한 다른 시선을 갖게 했다. 행복은 결국 시선의 차이에서 비롯되는 것이었다. 평범함 속에는 수많은 행복이 담겨 있었다. 망각은 그때의 간절함을 자꾸 잊고 행복이라는 정의에 자꾸 조건을 붙이려 하지만, 그때를 떠올릴 때마다 지금의 내가 얼마나 행복한 존재인지 절실히 깨닫는다.

행복은 먼 곳에 있는 게 아니었다. 지금 내가 존재하는 일상의 단면 안에는 이미 수많은 행복이 존재했다. 푸른 나뭇잎 사이로 울리는 따스한 햇살, 벤치에 앉은 내 몸을 휘감는 선선한 가을바람, 봄날 겨울눈을 뚫고 세상 밖으로 나온 얼굴을 빼꼼

내민 꽃봉오리, 바람결에 춤추는 유록빛 버들잎까지. 행복이라는 단어에서 조건을 지운 순간 만물이 선물해준 삶의 찬란함을 깨달았다. 사랑스러운 아이의 모습에서 행복이라는 단어의 원형을 보았다. 오물오물 과일을 야무지게 먹는 아이의 작은 입, 하루하루 조금씩 자라는 앙증맞은 발, 입가에 천천히 퍼져 올라오는 침 냄새. 아이의 모든 것은 형용할 수 없을 정도로 사랑스럽다. 엄마 품을 파고드는 아이들, 엄마 볼에 쉴 새 없이 뽀뽀 세례를 퍼붓는 아이들, 엄마 배를 차지하고 싶어 다투는 아이들. 엄마 배나 팔을 차지한 아이는 입가에 미소가 한가득이지만 차지하지 못한 아이는 아쉬운 대로 엄마 다리를 양팔로 감싸 안으며 서럽게 운다. 엄마 배 위를 차지한 서열 1위, 엄마 팔을 차지한 서열 2위, 다리를 차지한 서열 3위. 내 인생에 누군가에게 이렇게 사랑받는 날이 또 올까. 아이들이 훌쩍 크고 난 뒤 허전해진 팔을 더듬으며 나는 얼마나 후회의 눈물을 흘리게 될까.

예전의 나는 행복을 자꾸만 다른 곳에서 찾으려고 했다. 행복은 특별해야 했고 행복에 자꾸만 까다로운 조건을 갖다 붙였다. 하지만 행복은 멀리 있는 게 아니었다. 행복과 불행은 한 끗 차이였다. 그것은 온전히 자신의 선택에 달린 것이었다. 남편의 말이 맞았다. 나는 그 누구보다 행복한 사람이었다.

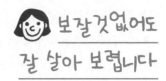

보잘것없어도
잘 살아 보렵니다

나는 누구인가. 나의 존재는 어디에서 왔는가. 나의 존재는 어디로 갈 것인가.

어릴 적 스스로에게 이런 질문을 던지고는 했다. 중학교 때는 시험공부를 하다 말고 죽음에 대한 생각을 골똘히 하다가 곧장 죽을 것 같은 두려움을 느끼기도 했다. 새까만 블랙홀 속으로 빨려들어갈 것처럼 아득한 기분이었다. 광활한 우주 안에 지구라는 작은 행성, 수많은 인류 중에 하나인 평범한 사춘기 소녀, 나의 존재가 하루아침에 사라지게 된다면 나는 어디로 갈까?

늘 궁금했다. 존재의 이유, 존재의 가치, 존재의 미래. 이런 것들이 너무 궁금해서 한때 종교에 기웃거리며 답을 찾아보려고도 했지만, 근원적인 질문 앞에서는 번번이 숨이 탁 막히듯 아무것도 보이지 않았다.

나의 유년시절은 따뜻했다. 그 중심에는 독실한 가톨릭 신자인 외할머니가 있었다. 할머니 댁은 가까웠다. 맞벌이를 했던 부모님 때문에 학교를 다녀오면 습관처럼 마을버스를 타고 집에서 20분 거리에 있는 할머니 댁으로 향하고는 했다. 햇살이 들어오는 방 한구석, 할머니의 탁상 위에는 언제나 성모마리아 상과 십자가와 묵주가 놓여 있었다. 새하얀 미사보를 머리에 얹고 의자에 앉아 차분히 기도하던 할머니의 얼굴이 눈에 선하다. 할머니는 항상 차분하고, 너그럽고, 따뜻했다. 어린 나도 할머니 옆에 앉아 자연스럽게 기도를 했다. 밥을 먹을 때도, 잠자리에 들기 전에도, 무언가 생각에 잠길 때도, 한 번도 마주해본 적 없지만 의심해볼 생각조차 없었던 절대적인 존재에게 재잘재잘 이야기를 건넸다.

그러나 무언가를 향한 절대적인 믿음은 흐르는 세월 동안 서서히 풍화되었다. 해결되지 않는 근원적인 질문, 죽음이 무엇인가에 대한 채워지지 않는 갈증은 인간을 조금 더 객관적으로 바라보고 싶은 욕구를 차오르게 하였다.

인도의 작가 아룬다티 로이의 〈작은 것들의 신〉에는 지구 역사를 기준으로 인류가 차지한 시간을 여성의 나이에 빗대어 계산한 부분이 나온다. 46억 년 된 지구를 마흔 여섯 살 된 여자로 상상해볼 때 최초의 단세포 생물들이 나타난 것은 그녀가 열한 살 때였고 공룡들이 지구를 배회한 것은 그녀가 마흔 다섯 살이 넘었을 때, 그러니까 불과 여덟 달 전이며, 인간의 문명은 불과 두 시간 전에 시작됐다는 설명이다. 역사적으로 따지면 인류는 고작 지구에서 두 시간 남짓 살아온 것이다. 역사학자 유발 하라리 역시 〈사피엔스〉에서 인류의 시작을 침팬지, 고릴라, 오랑우탄과 다르지 않은 영장류라는 크고 유달리 시끄러운 과의 일원이라고 담담하게 서술했다. 불과 6백만 년 전 한 마리의 암컷 유인원이 낳은 두 딸 중 한 마리는 모든 침팬지의 조상이, 다른 한 마리는 우리 종의 할머니가 되었다고 표현하기도 했다. 그의 주장은 신선한 충격이었다. 아마도 내가 느낀 충격은 수백 년 전 찰스 다윈이 진화론을 주장했을 때 격분했던 당시 사람들과 다르지 않을 것 같다. 여러 책을 탐독하면서 인간이라는 존재에 대한 사고가 확장되었다. 기존에 가졌던 인간이 신으로부터 특별한 권위를 부여받았던 존재라는 시각에서부터 생물학적 대상에 불과한 존재라는 생각에 이르기까지, 나의 시각은 보다 확장되고 다양해졌다.

어쩌면 인간이란 존재는 그동안 지배했던 나의 상식을 완전히 뒤집어엎을 정도로 가벼운 것일 수도 있겠다는 생각이 스쳤다. 내가 남편과 첫날밤에 술기운이 오른 알딸딸한 상태에서 첫애를 임신했던 것처럼, 어쩌면 세상의 모든 시작은 우리가 믿어왔던 것보다 무의미하고 사소할 수도 있다. 인간의 몸은 복잡한 유기화합물이며, 인간의 생각은 뇌 안의 시냅스와 뉴런 등의 복잡한 운동에 의해 일어나는 현상에 불과할 수도 있다. 방 안에 윙윙 날아다니던 파리를 파리채로 잡으면 파리는 그 자리에 으스러져 죽는다. 광활한 우주에서 보면 한 마리의 파리나 한 명의 인간이나 별 차이는 없다. 어쩌면 나의 존재는 참을 수 없을 정도로 가볍고 사소한 것일 수도 있다. 내가 죽고 나면 나를 아는 소수의 누군가가 일정 기간 추모하겠지만 슬픔은 그리 길지 않을 것이다. 사람은 태어나는 순간 죽음을 향해 나아간다. 모두가 죽는다는 불변의 진리를 알고 있지만 자기의 죽음에 대해 생각하기는 어렵다. 사람들은 죽음을 들여다보려고 하지 않는다. 그저 죽음을 부정적이고 고통스러운, 그래서 상상조차 하고 싶지 않은 순간으로 생각한다.

　과연 죽음은 무엇을 의미할까. 존재의 소멸일까, 아니면 다른 차원으로의 이동일까. 한동안 나는 죽음이 무엇인가에 대해 심각하게 고민했다. 특정 종교에 국한된 것이 아닌 조금 더 객관적인 시각에서 존재라는 것을 바라보고 싶었다. 삶과 죽음의 의미가 이해된다면 삶을 어떤 마음으로 바라보아야 할지도 정의될 것 같았다. 단순히 죽음을 회피하는 것보다 죽음이 무엇인지 정면으로 바라보고 이해해야 유한한 삶 안에서 대답이 보일 것 같았다. 물론 존재에 대한 명확한 대답은 끝내 찾을 수 없었다. 아마 누구도 알지 못할 것이다.

그러나 존재에 대한 고민이 깊어질수록 감사함이 떠올랐다. 삶이 유한하기에 막막하다는 생각보다는, 삶이 유한하기에 소중하고 가치 있게 살아가야겠다는 생각이 선명하게 떠올랐다. 주어진 삶을 가치 있게 살아가고 내게 주어진 마지막 순간을 담담히 받아들이는 것이 아름다운 삶이 아닐까 하는 생각이 들었다. 더불어 이 삶에 가치를 불어넣을 자는 그 누구도 아닌 자기 자신이라는 사실을 깨달았다.

얼마 전, 내게 슬픔이 찾아왔다. 외할머니의 병세가 위급하다는 연락을 받고 병원에 달려가니 외할머니는 중환자실에 누워 있었다. 할머니의 온몸은 차갑게 식어 온기가 느껴지지 않았다. 혀까지 마비가 왔다고 했다. 굳어 있는 입술 사이로 허옇게 삐져나온 할머니의 혓바닥이 보였다.

"가망이 없습니다. 더 이상 연명하는 건 할머니에게 고통이 될 겁니다."

의사의 말에 가족들은 조용히 마지막을 준비했다. 아들, 딸, 손자, 손녀가 할머니 주변에 서 있었고, 할머니의 품에서 성장한 십여 명의 가족들이 마지막 인사를 건넸다. 할머니의 손을 잡고, 품에 안고, 볼에 뽀뽀를 했다. "그동안 엄마 딸로 태어나서 행복했어. 우리 나중에 꼭 만나." "언제나 조건 없이 따뜻했던 할머니의 사랑 잊지 못할 거예요." "평생 고생만 시켜서 미안해." "할머니의 품, 잊지 않고 꼭 기억할게요." "이제 편히 쉬세요."

여전히 할머니의 몸은 미동이 없었다. 그런데 차갑게 굳은 할머니의 눈가에 갑자기 눈물이 고이기 시작했다. 고인 눈물은 이내 콧등을 따라 흘러 내렸다. 할머니의 대답이었다. 가족들은 할머니의 눈물을 바라보며 한참을 더 흐느꼈다. 슬프도록 아름다운 이별이었다. 죽음의 무게는 오롯이 할머니의 것이었지만, 죽음으로 가는 그 길목은 외롭지 않았다. 의사가 연명 치료기를 떼자, 정확히 20분이 걸렸다. 조금씩 느려져 결국 0이 되어버린 심장 박동수만이 할머니가 떠났다는 것을 알려주었다. 미동도 없이 편안하게. 자는 모습 그대로. 그렇게 한때 아기였던, 아이였던, 소녀였던, 숙녀였던, 여인이었던, 엄마였던, 그리고 나의 할머니였던 그녀는 담담히 죽음을 맞았다.

그녀를 잃은 슬픔은 1년이 지난 지금도 쉽사리 사라지지 않는다. 이따금씩 할머니의 품에 칭얼댔던 어린 내가 떠오르고 할머니를 닮은 짧고 통통한 나의 손을 바라볼 때면 가슴이 미어질 것처럼 아프다. 할머니의 온몸은 굳어 있었지만 그날 나는 할머니의 눈물을 똑똑히 보았다. 말은 할 수 없어도 우리는 그 눈물로 서로 이별을 나누었다. 할머니와의 이별은 죽음에 대해 가지고 있었던 기존의 감정을 변화시키는 계기가 되었다. 죽음이 마냥 두렵고 회피하고 싶은 경험이 아니라 아름답고 따뜻한 순간일 수도 있다고.

오늘이 내가 죽는 날이냐, 새야?
난 준비됐지? 바라던 대로 인생을 살았니?
되고 싶던 사람이 됐니?

〈모리와 함께한 화요일〉에 나오는 구절이다. 언젠가 나에게도 그날은 찾아올 것이다. 침대에 누워, 집에 쓰러져, 혹은 차가운 길 위가 될 수도 있다. 그러나 이제 죽음을 두려워하지 않기로 했다. 언제가 될지 모르는 그날을 걱정하며 살지 않겠다.

가끔 나의 마지막을 상상해본다. 나의 마지막도 할머니를 보냈던 그날처럼 따뜻하고 아름답기를 소망해본다. 생의 마지막 문턱에서 나의 삶을 회고하며 후회가 없기를 바란다. 매순간 나를 사랑하고 타인을 사랑하는 삶이었기를, 후회 없이 도전하고 달리는 삶이었기를, 의미와 목적으로 가득 찬 삶이었기를,

시시각각 변해가는 나무의 움직임과 개미, 꽃, 바람의 작은 일렁임마저 놓치지 않는 삶이었기를, 존재함에 감사하고 깨어 있는 삶이었기를 바란다.

　이제 나는 삶을 이렇게 정의한다. 인생은 내게 아름다운 선물이라고.

그럼에도 내 인생이니까

"고작 애 엄마가 되려고 공부한 거냐?"

아빠의 눈빛은 차가웠다. 덜컥 임신하고 자기 앞에 선 딸이 탐탁지 않은 표정이었다. 딸에 대한 기대가 컸던 아빠였다. 이제 갓 회사에 입사한 딸의 입에서 흘러나온 말을 아마 믿고 싶지 않았을 것이다.

봄을 앞둔 스물일곱의 어느 날, 나는 엄마가 되었다. 엄마가 된다는 것이 어떤 의미인지도 몰랐던 사회 초년생에게 갑작스런 엄마로서의 삶은 보이지 않는 차별의 시작이었다. 임신했다는 이유로 차별적 발령을 받아야 했고, 육아휴직을 했다는 이유로 진급에서 누락되어야 했다. 첫애를 출산한 뒤 육아와 일을 병행하며 8년간 이를 악물고 버텼지만 끝내 물러나야 했다. 서른넷에 아들 넷의 엄마가 되어 실업자가 되었다. 아빠의 말대로 '고작 애 엄마'가 된 것이다.

"명함 좀 주시겠어요?"

순식간에 얼굴이 벌겋게 달아올랐다. 회사를 그만둔 지 한참이 되었지만 어딘가에 소속되지 않았다는 것을 인정한 적은 없었다. 한참을 우물쭈물했다. 그러나 도저히 전업주부라는 말을 하고 싶지 않았다.

언제부터인가 나의 이름은 희미해졌고 그곳에는 누구의 아내, 누구의 엄마만이 남았다. 집으로 돌아오는 내내 우울함을 걷어낼 수 없었다. 아직 뭔가를 하고 싶다는 욕망은 가득했지만 아들 넷의 엄마로서 할 수 있는 건 딱히 떠오르지 않았다.

"나도 한때 꿈이 있었지. 사람들에게 관심을 한몸에 받는 직업을 갖고 싶었어. 아나운서도 하고 싶고 군인도 하고 싶었지. 당시에는 여성군인이 흔치 않았거든. 하아. 나 정말 꿈이 많았는데. 이제는 너무 늙어버렸어, 꿈을 갖기에."

허공을 물끄러미 바라보며 탄식하듯 지나버린 꿈을 이야기하는 엄마의 눈동자가 슬퍼보였다. 엄마의 눈빛은 아주 오래전에 총기를 잃어버린 것 같았다. 한동안 엄마의 눈빛이 가슴 언저리를 맴돌며 끈질기게 나를 괴롭혔다. 멀지 않은 미래의 내 눈에서도 후회의 눈빛을 보게 될 것 같았다.

문득 사십대 중반이 된 한 여자의 하루가 머릿속에 그려진다. 매일 일찍 일어나 남편과 아이들에게 아침밥을 챙겨주고 다섯 남자가 집에서 사라지면, 언제나처럼 여자는 산더미 같은 설거지와 집안일을 이어갈 것이다. 늦은 아침을 먹고 잠시 TV를 보다가 소파에 누운 채 잠든 여자는 느지막이 일어나 숨 막힐 듯이 고요한 집안 공기에 공허함을 느낄 것이다. 그리고 매일 같은 생각을 할 것이다.

'아직도 내가 할 수 있는 게 남아 있을까? 시간제 일자리라도 해서 용돈이라도 벌어볼까? 도대체 내 인생이 왜 이렇게 되었을까?'

매일 답이 나오지 않는 의미 없는 생각을 이어가다가도 저녁 시간이 다가오면 생각을 멈추고 아이들에게, 그리고 남편에게 연락할 것이다.

"오늘도 저녁 먹고 들어와?"

"여보. 미안해. 연말이라 모임이 많네."

"엄마. 오늘은 학교에서 행사가 있어."

"엄마. 오늘은 친구들이랑 약속이야."

"엄마는 참. 오늘 여자 친구랑 기념일이잖아."

아이들이 자라면서 엄마의 자리는 점점 작아질 것이다. 아이들은 엄마보다 친구들과 시간을 보내는 것을 더 좋아하게 될 것이다. 학교에, 수업에, 연애에, 각자의 생활에 바빠질 것이다.

아이들이 태어난 뒤 여자는 삶을 바쳐 아이들을 키웠다. 흘러 버린 시간 동안 아이들은 곧 삶의 목적이 되었다. 아이들의 성적, 입학, 취업. 이런 숫자들이 유일한 삶의 목표가 된 것이다.

"내가 너희를 위해 내 인생을 다 바쳤는데! 도대체 왜 고작 이거밖에 못하는데!"

여자는 집착하고, 아이들의 숫자로 남겨진 인생을 채우려 할 것이다. 눈빛은 십년 전 엄마의 눈빛과 똑같이 닮아 있을 것이다.

가끔씩 끝도 없이 펼쳐지는 이 잔인한 상상은 고작 십 년 후의 내 모습이었다. 지금 움직이지 않으면 정말 내 인생이 그렇게 변해 있을 것 같아 무서웠다.

아빠의 말대로 고작 애 엄마가 되었지만 그렇다고 내 인생이 정말 누군가의 것이 된 것은 아니었다. 흘러가는 강물에 몸을 맡긴다면 남편이라는, 아이들이라는 유속대로 삶을 살게 되겠지만, 아무리 거센 물살이라도 노를 놓지 않는다면 배는 결국 내가 이끄는 곳으로 가게 될 것이다. 인생을 엄마라는 명사에 가두고 싶지 않았다. 나를 놓고 싶지 않았다.

'누구나 엄마가 되잖아. 다들 나처럼 흔들릴 거야. 다들 나처럼 방황할 거야. 지금 내 앞에 보이는 건 밑바닥이지만 언젠가

나에게도 세상 밖으로 나아갈 바닷물이 차오를 거야.'

잠든 아이들을 바라보며 매일 밤 떠올렸다. 아들 넷의 엄마이자 경단녀로서 앞으로 무엇을 할 수 있을지. 시간제 일자리에 지원할까? 공무원 시험이나 공인중개사 자격증 시험 준비를 해볼까? 테솔 자격증을 따서 방과후 영어 선생님이 되어볼까? 아니면 대학원에 다녀볼까? 선택지가 별로 남지 않아 보였다. 하나가 떠오르면 금세 그것이 힘든 현실적인 이유가 주렁주렁 매달렸고, 생각은 다시 원점으로 돌아갔다.

그러다 우연히 가슴속의 응어리를 쏟아내기 위해 글쓰기를 시작했다. 지옥 같이 힘들었던 아들 넷 독박육아에서 글쓰기는 유일한 해소구가 되어주었다. 그저 마음이 힘들어서 시작한 글쓰기였다. 그러나 글쓰기에 빠져들며 서른넷의 나이에 내게 새로운 재능이 있다는 것을 깨달았고, 일 년 만에 책을 출간하게 되었다. 미친 듯이 찾아 헤맸을 때는 보이지 않았던 꿈이었다. 미로처럼 엉켜 있는 길목에서 꿈은 길을 잃고 웅크리고 있는 나의 손을 잡아 이끌어주었다.

아이들을 키우며 수많은 고민을 했다. 특히 청춘을 헌신한 회사에서 나와야 했을 때 평생 믿어온 삶의 목적과 가치가 순식간에 무너져 내리는 기분이었다. 무엇이 되고자 했던 삶, 숫자로만 채워졌던 삶, 주변을 의식한 삶, 그 안에 진정한 나는 없었음을 깨달았다. 그 숫자들이 한없이 무의미했음을 깨달았다. 육아는 내게 아이들을 키우는 것 이상으로 내게 육아(育我), 곧 자신을 성장시키는 시간이 되어주었다. 이제 나는 무엇이 되는 것에 자신을 가두지 않는다. 어떻게 살아야 할지가 나에게 중요한 가치가 되었고 조금씩 답을 찾아갔다.

올해 서른일곱인 나에게는 많은 꿈이 있다. 다섯 권의 책 출간, 미혼모 돕기, 유기견 입양, 소설 쓰기, 오리발 차고 바다수영, 〈토지〉 전권 읽기, 캠핑카 여행, 첫애와 한강 자전거 타기, 엄마표 독서지도, 외국에서 살아보기, 다시 영어공부, 산티에고 순례길 완주, 홀로 여행, 장롱면허 탈출하기, 강연하기, 오로라 보기, 선한 영향력을 주는 삶을 살기…. 크고 작은 꿈이다. 누군가에게는 소박해보일 수도 있는 이 꿈을 위해 얼마 전 평생의 마지막일 수도 있는 이직 제의를 거절했다. 적어도 나에게는 고액 연봉의 안정된 일자리보다 더 가치 있는 꿈이다.

나는 앞으로 삶을 이렇게 살 것이다. 끊임없이 도전하고, 실패하고, 경험하고, 관찰하고, 만끽하며 내 앞에 펼쳐진 세상의 찬란함을 한순간도 놓치지 않을 것이다. 무엇보다 살아 있음을 매순간 느끼고 싶다.

엄마가 되면서 여자는 또 한 번의 사춘기를 겪는다. 갑작스러운 공허함이 온몸을 지배하고, 초라해진 자신을 보며 우울증에 빠지기도 한다. 결혼 전에는 손에 물 한 방울 묻히지 않다가 하루아침에 모성 가득한 엄마가 되어야만 한다. 엄마는 곧 희생이라는 구시대적인 정의 아래 많은 엄마들은 자신을 포기하고 엄마로서의 삶을 선택하기를 강요받는다. 엄마와 나 사이를 맴돌며 자신을 집어삼키고 있는 공허함을 꾹꾹 가슴에 눌러 담은 채, 그렇게 하루를 버틴다.

우리는 어른이 되어도 여전히 불안하다. 스스로 판단하고 결정하는 것이 두려워 어른이 되어서도 내가 가는 길이 맞는지 누군가에게 묻고 싶어 인생 멘토를 찾는다. 그러나 스티브 잡스도, 혜민 스님도 내가 어떤 사람인지 알려주지 못한다.

나는 이 글을 한때의 나처럼 막막하고 불안한 엄마들을 위해 쓰기 시작했다. 인생에 대한 무거운 주제를 내가 잘 표현할 수 있을까 많이 고민했다. 그러나 이야기하고 싶었다. 내 글이 누군가에게 손을 내어줄 작은 힘을 갖고 있다고, 믿고 싶었다.

많은 엄마들이 자신의 삶을 찾았으면 한다. 나이는 숫자에 불과하다는 상투적인 광고 카피를 보란 듯이 내 것으로 만들고, 하고 싶은 것이 넘쳐 하루가 모자랐으면 좋겠다. 한때 꿈으로 가득 찼던 소녀시절의 기억처럼, 오늘 하루를 생기 있게 보냈으면 좋겠다. 자신 안에 있는 색깔을 찾고, 때로는 넋을 놓을 정도로 그 색에 취해보았으면 좋겠다. 평범한 엄마가 하루아침에 작가가 되고, 자신의 책을 출간하고, 삶에 대한 강연을 하게 된 것. 나의 이야기는 이 책을 읽고 있는 바로 당신의 삶에도 얼마든지 일어날 수 있다는 것을 기억해주었으면 좋겠다.

무엇이 될 필요는 없다. 다만, 자신의 인생을 살았으면 좋겠다. 누구의 것도 아닌, 바로 내 인생을.
그럼에도 내 인생이니까.